U0028497

在名為人生的旅途 做個夢想的逃兵

CLINIC NOTES OF EMOTIONS

作者 周信佐 / CIPOMARK

| 目 錄 |

序

關於序，我大概寫了十次。

怎麼寫都覺得不對。

有經驗的朋友聽聞這件事，都說就寫你想寫的東西啊。要我放輕鬆、隨便寫。

其實我理解，相較於內容，序相對彈性，是作者最能隨心所欲的一篇。但麻煩的不是我不能隨便，是我隨便起來不是人啊。(愛開玩笑)

平時在網路上總是廢話很多、喜歡宅梗，又愛開自己玩笑，大抵上是一個諧星的概念。隨便寫這種事，我完全擅長，只差書籍不能附上 gif 檔而已。

但重寫真的是一件很煩人的事，尤其累積到十次宛如積點卻不能換一杯紅茶拿鐵的時候，我開始質疑自己：何必呢？

看到這裡，不用我說，你應該能感受到我已經在隨便了。

但若你是習慣先看序，再考慮要不要買書的話，我必須先說，

這裡跟往後的內容完全是兩個世界。

我從小就是廢到會被長輩們指著鼻子說：「你這世人撿角了啦！」的孩子，別說用功了，看書都直接會睡著的那種。所以，當我媽知道我要出書時，第一句說的不是恭喜，而是：「換你寫書給人家睡喔？」

啊，原來我的幽默感是從這裡來的嗎。

「一定要的啊，要報仇，讓他們也睡一下。」我說。

回到正題（跳一下）。

這個社會最可怕的事情是，我們很容易以為自己是個客觀的人，但其實只要是個人的想法，永遠都是主觀。很多個主觀才會成為客觀，因此頂多我們就是很靠近客觀而已。而在主觀與客觀彼此影響之中，我們常常不知不覺被周遭影響想法，甚至滲透我們的價值觀，即便那個想法關聯著自己，但我們就是無法跳脫出來。

像是在幾十年前，有些女性會真的相信自己低人一等，不能發言、不能投票一樣，在我成長的過程中，在當時萬般皆下品，唯有讀書高的風氣裡，讀不懂書、拿不到高分的我，在成人眼裡，一無可取。我的前途黑得不像話。而我也對這件事深信不疑，廿幾年來都是，即便是現在，我仍然無法坦蕩地接受同事或朋友的稱讚。

但這件事，微妙就在於，那些說我撿角的人，其實是關心我的。（至少有一部分啦。）

前提當然是我們之間存在著感情。無論是親情或是友情或是其他等等。

而有感情的地方，就有傷害。

不管是愛得多、愛得少，愛得太深刻、愛得太表面。有愛、有喜歡、有情緒、有情感，就會在不同的角度上，在不同的人心中產生不同的感受。而那些感受，往往會賦予彼此一些難以結痂的傷口。

那片赤紅的皮肉傷若是無法癒合，一天天加深，再嚴重一點，就會轉成漆黑的空洞，一直存在心中。讓我們帶往人生的路上，與下一個相遇的人相互療傷卻又彼此折磨。

最悲傷的是，這之中卻沒有人是真正的加害者。

那些關心，有些有愛、有些帶刺，但彼此都深信不疑自己是對的，自己是為了對方好的。

我們都能理解，父母會望子成龍基本都是正常的，但相對的，在孩子的想像裡，父母也都是萬能萬全。我花了很久的時間才體悟，父母在成為父母之前，是沒有說明書可以看的。所以你不懂的事，他們不見得會懂，你以為他們會理解你的意思，但他們只能聽懂他們各自的意思。

所以，當我們還小的時候，我們對於父母的期待，期待他們懂你、期待他們了解你的需求與你在學校裡的難處，跟父母對你的期待，期待你得高分、期待你功成名就與獨立自主，都是一樣殘酷的。大多數的孩子還不能體會這種雙向的關係，只得在那些憂鬱的情緒裡載浮載沉。在找到出口以前，都得沉溺於童年的傷，沉溺在無法滿足父母及長輩期待的惆悵當中。

　　即便我試著理解父母有父母的辛苦，但我學習與他們相處的過程卻是非常尖銳的。

　　猶記有一次，我與家母正在通電話。每每我們只要講超過三句話，就很容易吵架，這次也不例外，越講越大聲，就在家母講到激動處時，她啪的一聲掛掉了我的電話，留我在臺北這端喂了好幾聲。我氣到差點把手機丟出去，整個人像悶住的燒鍋一樣。又撥電話回去。

　　「還要幹麼啦！」我媽大聲地問我。

　　「妳知道這樣掛人家電話很沒有禮貌嗎！」啪的一聲我也掛她電話。我希望她感受一下我的感受。

　　有用嗎？

　　事後有次，我們又吵架，我媽氣到不想說話，直接問說：「還有事嗎？沒有我要掛電話了喔！」

　　「沒有，拜拜。」

「……拜拜喔！……拜拜！」她好可愛，重複了兩次確定我有聽到之後，才掛掉電話。

雖然現在回憶這件事，聽起來可能是有點有趣的，但當時被掛了電話的我們，卻都是受傷的。如果我能再成熟一點，也許可以用更好的口氣告訴她，通常大家不會喜歡用這樣的方式掛電話的，並且好聲好氣地向她說晚安，而不是直接用掛掉電話這麼尖銳的舉動表達不滿。

所以，承載著年幼的受害者情緒，持續尖銳的我，一直沒有發現，我的父母其實早就開始學習了，學習怎麼跟我相處，學習怎麼對待我，而不是用同一個方式去管教三個不同的孩子。所以，當我的父親對我說，選你喜歡的科系時，他其實真心希望我去做自己要做的事就可以了，不要再陷入別人的期待裡。但我卻還在耽溺，耽溺於滿足他們的期待。其實，我才是最鄉愿的那個人。

直到我自己開了一間小店，除了工作，我還得打點一切。尤其，照料員工們並不容易，不論年紀，下意識地我總把他們都當成自己的孩子看。真的是到那個時候，我才徹底體會什麼叫做「育兒方知父母恩」。許多過往不理解的、難過的、憎恨過的，也突然都徹悟了。

但我仍然試著去回想當時的情緒，寫下這些過程。

我當然也想過，用雙方的角度去重述那些過往。我並不希望父

母、其他長輩抑或教師們被譴責，但走進書店，我們已經有太多成功人士的著作了。我希望這一次換不成功的人來說，那個時候我們真的跟不上，那個時候我們真的做不到。

我在生病時才理解，我們的確不可能完整體會他人的感受，也不可能真的懂對方的痛苦。但至少我們可以去學習，學習不再用我們慣性的價值觀，主觀地對待周圍的人、事、物。而是學習去聆聽、學習著溫柔，然後，不再加諸壓力於他，甚至是傷害他、對他情緒勒索。

那個他，可能是你的孩子、你的家人、你的學生或是你此生最愛的伴侶。

你明白的。你愛他，他也愛你。

倘若換個方式，我們的愛，也許就可以不要造成那麼多傷害。

也許我們可以——在成為優秀的人之前，先成為一個溫柔的人。

1
無法言語的日子

在名為人生的旅途
做個夢想的逃兵

CLINIC NOTES
OF
EMOTIONS

練習

「如果能跟他說話，你想跟他說什麼？」

看著那團霧，用力想著，突然，千頭萬緒上來了。

淚水忽地從眼角竄出，我抓著諮商師的衣袖，嚎啕大哭。

該從哪說起呢？

每天晚上睡前，我都會在腦裡擴展一個全白的空間。不是一張紙，也不僅是一個房間，沒有邊際，一切純白到什麼都不存在，有任何念頭冒出來，也會瞬間被颯白。處在這樣的狀態裡，我才能入睡。若忘了這個程序，我腦袋裡的念頭便會繼續往下轉，無止無盡，直至天光。

當然有時也是會失效的。你知道，有些事總不是你想放就放的，所以場景也曾換過宇宙，或是汪洋的大海。可以把意念帶走的地方，都很好。

佐以這樣的情境中，其實需要有更強烈的意念去維持那樣的場域。你得清楚，今天的事情不解決，明天又會有新的淹上來。一件一件疊上去之後，危機能度過的機率就更微乎其微了。而現在，躺

在床上煩惱、焦躁，都沒有任何幫助。不然你就起身多做點事，要躺，就得睡，有精神了，明天才有機會處理一些進度。現在不逼自己睡，就是在幫明天的自己製造新的問題。

不過，沒有「用力的放鬆」這種事，對吧？所以我若是強逼自己睡覺、睡覺、睡覺……是不可能睡著的。而不能睡的原因，就是腦中那些不斷冒出的念頭與運算，所以我用更強念的方式，製造了一個會把所有意念吸走的場域，暫時把自己的腦袋淨空，只要空白一小段時間，肌肉就會逐漸放鬆，然後就天亮了。如果還是很難理解，也可以想像哈利波特裡的儲思盆，大概是那種感覺，暫時把某件事情抽出來。反正這些事這麼煩人，遲早都會回來的，不差睡前這點時間。

每天睡醒，我的大腦會緩緩地開機，腦袋裡像是有很多處理器，一臺一臺開始運作，也許是解構問題、運算作業、分析跟集結各處理器的訊息等等，同一時間會有很多事情一起被考慮。可能考慮著昨天的訪問，也可能把剛剛經過櫥窗裡的紅色外套編入腦袋的資料庫，即便我剛剛根本沒有仔細看它。前方的地板光澤看起來會滑。橫向的紅燈還有四十六秒，先直走下一個路口再轉彎。後天的洽談應該先通知一下，等等上捷運可以寫個 mail……

即便是一些生活的小事，好比說，那天我去吃飯，當菜送上來了，我也會同時間收到處理器發出的「可以吃飯了」、「沒有餐

具」、「筷子在對面的檯子上」、「要走去拿」、「要拿三副」、「我坐在門旁邊，通道很窄，要小心」、「小腿要先往內收，不然會撞倒桌子」、「還要添飯」……等等諸如此類的訊息。但最近的我，就像是這些處理器的通道都塞住了，於是他們各自發出訊息，但是不連通，沒有辦法排序組合，就沒有辦法產出相應的指令，我就無法動作。於是我繼續坐著，直到我的室友把餐具拿回來，然後我拿起來吃飯。

處理器們每天都運算著相當高量的訊息，雖然我表面看起來很平靜，但是腦袋總是急速地運轉著許多許多事情。但最近的我，腦袋裡像是只有一團灰霧，不僅阻塞著處理器的連接，甚至把我拒於門外。所以我以前是可以跟自己對話的，甚至說是很常。不過現在，那個窗口不見了，所以我沒有辦法回答你我怎麼了，沒有辦法回答你我在想什麼。因為我有段時間沒有再跟他溝通了。

諮商師點點頭，這是他最一開始的問題。我會跟自己溝通。大多時間，發生事情的時候，我們會對話，會找出最確鑿的問題。

「所以你們會一起解決這些問題。」

「………我們會……互相譴責。」

「你對自己這麼嚴苛啊？」

我沒有回答，回想著過去與他的對話，我突然產生起愧疚的感受。那團霧也隨著這樣的想像而更加的具象，並劇烈翻湧。同時緊

緊地包覆著，或是說阻擋著我。我望向他的視角，似乎也隨著忽近忽遠。

「所以我其實能夠很輕易地，進入一個冥想或是一個想像的狀態，只是現在那個地方只有一團霧。我失去了窗口，無法對話，也無法做其他事情。」

我試圖伸手觸碰那霧，但我卻突然被推後好遠。

「那如果能跟他說話，你想跟他說什麼？」

我看著那團霧，我覺得他在，或是他曾經在，所有的一切都在那裡發生，我們畫的圖、寫的字，打造的所有作品，我們煮的每一杯咖啡，我們做的每一件事，我想對他說——

倏地我嚎啕大哭了起來，抓著諮商師的衣袖，哭到顫抖。我覺得很愧疚。因為我知道他其實不是這麼強健的，我明明比誰都了解他，但我逼他要有禮貌，要有想法，逼他寫字，逼他繪畫，逼他微笑，逼他健身，逼他做一切他不想做的事，只為了能在這個社會生存，只為了像一個正常人，卻用不正常的方式扭曲了他。

我想對他說，但我說不出口。

我抓著諮商師的手越發扭曲，發出顫抖的氣音。

但現在看著，看著那團霧，才發現有什麼東西其實一直在崩碎，若我現在不說，說不定未來就沒有機會說了。

就像那些曾經離我而去的人一樣。

諮商師伸手搭著我的肩，我更加崩潰地哭了出來，我用雙手摀著臉，擠出一絲力氣——

「我想說，對不起。」

灰霧

　　沒有辦法用一種很文青的方式說，今天是什麼第幾天，因為我無從算起。

　　孩提時候的我，除了外型常常被拿來開玩笑之外，在學校的成績也非常差，即便經歷分班、長大換校，也都很容易被嗅出那個弱者的味道，輕易地就會成為被欺負、排擠的對象。所以從來也沒什麼朋友。雖然偶爾可以混進一些小團體，但常常週一到學校時，發現大家聊著我不明白的話題，才理解大家在週末時一塊出門玩了，但自己從不曾受邀。偶爾也提起過勇氣說，下次想一起去，或是在同學間相約時主動提出自己也有空，不過那個當下，大家尷尬的表情一覽無遺，或許得到了正面的回覆，但隔週仍發生一樣的事。
　　現在想想，是因為自己的大腦運作實在太奇怪了吧，沒人想跟怪人當朋友也是正常的。所以在我成年之前，社會化是我最大、最困難的課題。我的腦中有很多處理器，但是那個「腦中」，大多來說並不是單純地就像一堆電腦擺在一塊彼此連線而已，更像是一個

「空間」。空間裡可以體現很多的變化，例如與自己對話時，我會閉上眼，坐在「那裡」，與那裡的聲音對話。如同有時做夢，你並不一定會看到明確的形體，但是你明白你在跟誰說話，或是做了什麼動作，那樣的感覺。

而當我逐漸了解這個空間的運作時，慢慢地便順應起它的方式，去與這個世界接觸。

例如，我很不會記人的樣貌，而且我無法與人的雙眼對看。並不是不敢看，是盯著看時，我會掉進去，因為瞳孔是人性的一個重要通道，通往不同於外貌的深處。但換成常人的說法，那個當下我就是在放空。一般來說與人聊天時放空是個很沒禮貌的行為對吧。所以，久而久之，我與人相處的方式，變成在腦中打造一個對方的模型。對我來說他是活的。模型除了記載著外型之外，也會隨著認識去改變當中的模組，除了對食物的喜好、星座跟興趣這樣的基本資料外，久而久之也會加入個性與想法的套件。每當要對話時，我就會進入那個空間跟「腦中的對方」聊天，並且隨時調整模組中的資料，但我的外表上看起來就像在聊天一樣，只是沒有盯著對方眼睛看。

但在這段時間以前，我很少向人提及我腦袋的運作模式。可能連我自己都覺得這是個奇怪的方式。而在青少年時期，我最想做的就是融入大家，當然就不會把這麼奇特的大腦迴路與大家分享，深

怕被當成怪人，只是一直用相應的方式去配合社會的運作。若以宅男的方式形容，假如每個人在這個世界上的工作都是要到村落外去打怪，每個人根據自己的特質，可以選用刀劍、棍棒或是弓箭這種遠程攻擊，但，這個世界尚未有魔法的概念，魔法師基本是會被抓去關的，可是我又沒有舉起重武器的體力。怎麼辦呢？漸漸地，我撿了一堆石頭，但是在舉起時偷偷從掌心注入法力，用魔法包覆石頭後，丟出去攻擊野獸。實際上雖然是用魔法打怪，但是在常人眼中我只是個投擲系的攻擊手。

所以當我思考、生活、社交，都是透過這個空間去運作時，現在這個空間卻只剩下一團灰霧，這對我來說非常非常嚴重。

昨晚，我在睡前發現自己也無法閱讀了。但並沒有特別驚訝。我是個圖像思考的人，對文字的理解力較低，例如我在看小說的時候，每當閱讀一段文字的同時，我得在腦中架構相應的圖像或是場景，可能是一陣風，或是一盞路燈，書中的主角也都在場景中移動並動作，我才能進入那個狀況，理解整段文字的意思。也因為多了這個步驟，閱讀對我來說，是很吃力的事。

而在處理器阻塞的情況下，沒有辦法將訊息內容排列組合，也沒有「空間」可以建構圖像模擬。是的，那裡現在只有一團灰霧，所以無法閱讀文字應該也只是滿基本的狀況。只是特別的是，我昨晚看到的，是整群文字在晃動，晃動的過程還會留下藍色的殘影。

不知為何有一種荒謬到好笑的感受，於是想特地記下來。

除了閱讀，最近也感覺自己失去某幾條味覺，我不知道單位該用什麼。其實以做菜來說，科學上認定應該只有酸甜苦辣鹹這幾種，還有這幾年的新發現，鮮。但或許人的感受上是更複雜細膩的，像是層次不同，或是甜也分好幾種甜……難以詳細言說。因為最近腦袋不好使，不知道要吃什麼，大多就都選了熟悉的食物，但吃下去，卻都不是印象中的味道，酸甜苦辣鹹都能反應，但卻沒感覺食物好不好吃。

當然，也或許是我只是對所有事物都無感而已。就像是我摸到水，會知道是這是水，但不會有冰涼、流動的想像，只清楚地反應這是水而已。所以我雖然對於那團灰霧感到慌張、焦慮。但同時又對周圍的人、事、物感到麻痺，造成我在這個狀況下的幸與不幸，幸的是我至少待在家時都是非常平靜的狀態，不幸的是當我躺在那裡的時候，我就像是個空殼一樣，不能動作，也無法思考。大概到這時候我才真的懂了，以前看過一篇文章說，別向生病的人說，不要想太多。

我們什麼都沒有想。我連想都沒法想。

僵硬

「你怎麼會突然變成這樣？」

手臂上的結痂，粗礫地刮著指腹上的迴紋，來回，反覆。

透光的汗毛，皮膚的肌理，淺褐的晒斑，湛藍的血管、錯綜的掌紋與淡粉的指甲。

斜倚在膝蓋上，我的視線從手肘一吋一吋地移動到手指，翻轉著指尖，纏繞著一股不存在的什麼。

這個問題其實滿有趣的。

「怎麼昨天還好好的，今天就變成這樣？」

什麼樣是好好的？

我知道我現在不好，清楚明白。但，你好嗎？

我現在的模樣，或是其他的疾病，大多，理應是緩緩堆積上來的吧。

譬如過勞，總不會是加一次班就會發生的事，不然大學生夜唱時都該集體送急診了。

我起初的確沒當回事。

我一直都覺得，男性雖然沒有明確的身體反應，但總也會有情緒起伏週期，起起落落都是正常的，低潮就低潮著過。直到這個低潮持續了兩個月之久，我才意識到自己不對勁。但這個時候，腦袋裡已經是滿布灰霧的狀態了。

而無法思考的這幾週，我幾乎都在家裡躺著。

早晨，從床上醒來，翻開被褥，走到客廳，好像會餓，卻無法在腦中理出想吃的食物，想做什麼，又做不了什麼，腦袋無法排列一個行為所需的動作組合。

——

腦中一個無聲的斷點，才意識自己在原地站了晌久。

左轉到沙發坐下，繼續想，想不出來，覺得好累，便躺在靠枕上。

醒醒睡睡，這一躺，又是傍晚。

晚餐，權權下班會帶回來。

雖然感到很抱歉，但出門對我來說，要耗費太多力氣了。

今天我吃得比較少，放下筷子又裹著被子縮回沙發上。權權收拾完餐桌後，坐在我旁邊的位置，右手揉著我的太陽穴跟肩膀。

「欸，你氣結變得很嚴重耶。」他說。

他要我轉身，在背上按了幾下。

「你整個背都推不開了，這個我沒辦法啦。」他皺著眉頭看我。「我們去找按摩師按好嗎？」

我點點頭，才發現這兩週雖然都躺著，但我無時無刻都僵著，全身僵著。

但說起來，以前開會、工作壓力大時，就已經發現自己會不自覺地聳肩，到忙完一段時間，覺得肩頸酸痛到不行，才發現又犯了老毛病。邊下班，邊揉著自己的肩膀。但其實很多人都會這樣吧。當情緒處於緊繃時，身體會本能地採取保護內臟的姿態，導致肩胛骨跟周圍的肌群緊繃。

現在應該就是一個放大版的吧。全身上下。除了肩頸，背部、手臂跟腿，統統繃著。腦袋很空，甚至也無法工作，而且我明明都躺著，但似乎連躺著時都繃成了一塊石頭。

隔日晚餐後，姊姊領著我到她熟識的師傅店裡按摩。師傅問我冷不冷，我點點頭。她打開電熱毯的開關，並把短褲放在床上就拉上隔簾出去了。換好衣服後，我緩緩爬上床趴著。我喜歡按摩，但

我對於按摩床上那個洞有點困擾。我的臉跟它好像很不合。不是壓著下巴不舒服，不然就是頂到額頭發麻。在我前後移動著頭的角度時，師傅回來了。

她緩緩捏著我的肩膀，輕聲問我這樣的力道可以嗎？我用鼻子嗯了一聲。

但其實我痛翻了。

不至於說痛到骨裡去，但我不曾在按摩時感受過這種痛。

從皮膚上，像刺了錐一般深入肌肉的縫隙之間，一種尖銳的酸感從肌束間傳開，彷彿一股刺痛的電流，迅速在尖錐周圍傳開，同時痛感從錐端深處炸裂開來，顫抖著周圍的神經直通腦門，躺臥不動的我，身體卻像是被埋藏了火藥的地底，沉悶地爆破、燒灼、割剮著每一吋肌肉。師傅每一下手，我就疼得悶哼一聲。

「你很難放過自己齁？」

當師傅用手肘推著我的脊椎兩側時，她輕緩地問了這句話。

雖然是問句，但她似乎也沒有要得到我的回答，更像一種感嘆。在那當下，我的眼眶竄起一陣騷動。我沒有這樣的心理準備。通常只會問說，是不是很常加班呀？常常用電腦喔？我會無奈地說聲：「對啊。」宛如一切都是別人的錯一般，還得花自己的錢來按

摩處理，讓師父把工作與生活的壓力推揉開來。

但這次不一樣，那銳利的痛感像是身體的尖叫，每一聲尖銳的音頻，都彷彿是要我好好看著、要我好好感受，這痛楚，是他們逐漸變成惡果的過程中承受的苦難，不自知也不懂珍惜的我，必須把這些痛重新經歷、體會，才能釋放。

「給你換一個小一點的枕頭。」師傅說。我的脖子不再隨著她的手勁搖晃，臉也合拍地陷入床頭洞裡。

但我沒有因此舒服到睡著，反而更明確、更清晰地感受每一吋我不曾經歷的痛。一個半小時裡，我清醒地、徹底地，體悟每一吋肌肉的哀號、尖叫，或是對我的埋怨。

是，為了跟上周圍的同儕，為了跟上社會的期待，我很少停下來。即便我能與自己對話，卻將身體當作是一部機器那麼對待，我勉強著他們，卻很少感受他們。我可能是最近才把他們弄壞的，也可能是一直以來都沒有好好對待他們，一直以來，都沒有放過他們——或放過自己。

捧著熱茶，在穿鞋前我向師傅點頭道謝。鬆開的肩背，帶著微微刺痛的感受。提著吃力的腳步往捷運站走去，與其說是病患，不如說更像個傷兵。回到家，洗澡時點點打在背上的水滴也都帶著疼痛。就是那樣的吧，很多事不如我們眼見為憑。身體累積的痛楚、

苦澀，凝聚、壓縮在這個瞬間，釋放在我的背上，直衝我的腦門。

　　我只能祈願，重複體悟那黑化的過程，能相應釋放這樣的業報。

客觀

　　其實我們也不是全然不懂。

　　只是真的親身體驗以後，才發現原來還有那麼一小步差距。

　　而那一步，距離竟然如此遙遠。

　　進而想起，當初自己講過的那句「我懂」，該感到多麼抱歉。

　　這就跟主觀與客觀的感受一樣。常有人要我們保持客觀，但其實那是不可能的。從一個人自身中出發的感受與觀點，稱為主觀。許多的主觀綜合起來，才會稱為客觀。我們能做的，最多就是很靠近、很貼近客觀的範圍，或是融入客觀的一體，但你永遠不會是客觀。同理心也是如此。我們只能從自己的經驗，去類比別人的感覺。

　　這幾十年來，偶爾有些朋友遇上了相似的狀況，其中幾位願意傾訴的，聊過他們自身遇上的狀態與心中的感受。而我總擔心他們處在如此細膩的神經陣列裡，深怕在那條鋼索上，以無心的言語颳起一陣風，讓誰墜落深處。因此，相關的文章，閱讀的數量也不在

少數。才發現許多人的習慣，往往不一定是正確的。

例如，某次閱讀到的一篇文章寫著：「不要對我們說加油。」

因為生病的過程是很孤獨的，那些加油與努力的過程其他人是不會明白的。說了加油的你，是否還期待著他要再多努力呢？同時，這句話無意間也否定了他過往的努力過程。想想，一般已經努力過頭的人，你是不會對他說加油的，你可能會說：「辛苦了。」

意料之外的，當時閱讀的那些文章，繞了一圈，幫助了自己。

讓我及早發現了一些不同的身體狀況，並且尋求協助。

不知道會不會有人說，那你都知道了，幹麼不早點走出來？

打個比方，若你多理解一些家庭醫學，面對感冒，你會知道一些方法去避免、防止惡化，或是幫助身體趕快好起來。但你總不會多讀了幾篇文獻，就可以今天感冒、明天痊癒。

而這些事讓我回想起，自己是否曾經透過一些感覺，或是對低潮的經驗及想像，進而以為能感受朋友的痛苦，說了一句：「我懂。」而當我病了以後才明白，那個懂，顯然不夠懂。甚至連我自己都是每天一點一滴地發現不同的感受。

生病後，我盡量減少出門的次數。因為出門對我來說負擔很大，回到家時，總有一種能量耗盡的感覺。但偶爾，若狀況好，我盡量讓自己參與朋友們的聚會。多出門走走也是醫囑之一。我原本

以為那是一種類似電池的感覺，出門對我來說耗電過大，所以若我蓄電充足，也許出門對我而言就不會是負擔。

但原來不是這樣。

某次，在朋友家聚餐、玩桌遊。結束後，朋友順路開車送我回家。一整個過程，我都嘻嘻笑笑地，下了車，也是開心地向大家揮別。目送車子離開，轉身走進家門那條巷子時，才沒幾步，突然一個冷顫，整個人突然開始不對勁。

呼吸急促、腳步不穩，但那瞬間，顫抖的那瞬間，我的腦袋也沒多想什麼。我不寂寞、不難過，能夠條列的負面情緒，我腦袋裡一絲都沒有。但我的身體，在那當下卻急躁了起來。我踩著沒有節奏的碎步，奔近家門，用發抖的雙手轉開鑰匙，每一個上樓的步伐都舉步維艱。

直到我終於進了家門，坐在客廳的沙發上，環抱雙腿，縮成一顆球，畏縮發抖。

我不知道自己怎麼了，我也不知道該怎麼度過這個焦躁，比起什麼想或不想太多，其實我們當下更像是害怕，害怕為什麼我不能選擇，選擇不要這樣，害怕為什麼我不能，不能停止這個狀況。

「你為什麼不好起來？」

這個問句，極其普通，卻如此傷人。

畢竟，我們很想，很想好起來。

關心的話為何會傷人？

就像你不會問一個癌症患者說，你怎麼不好起來一樣。

不是所有的病症都需要傷口、需要明顯的徵兆，看不見的，不見得不嚴重。

但我不會去冀望誰懂的。就像在這以前，我從來也不夠懂一樣。

記下這一切，只是希望我未來仍然記得，
能用更溫柔的方式去陪伴生病的朋友們。

奇怪

我有很多的白襯衫。

共通點只有白色，基本上品牌都不同，材質、剪裁也幾乎不一樣，其中還有幾件是訂做的。

原本只是為了方便工作而已，開會什麼的總穿得到。

而這喜好在這段期間來說挺好的。因為若真有出門需要，這讓無法思考的我，完全不用考慮要穿什麼。只管套上白襯衫與黑色的牛仔褲，以及一件為我隔開世界的黑色口罩和黑色的連帽長版外套，袖子跟衣襬都特別長的那種，活像是刺客教條裡的角色造型一樣就好。

幸虧臺北是個見怪不怪的地方，還沒遇過側目看我的人。

嗯，其實說不定有？只是被帽子遮住了，我沒看見。但無所謂，反正只要感受不到，都是舒服的。

但說到怪，雖然我最近可能看起來真的怪裡怪氣的，包含外觀還有舉動，但有天我在想，可能也不是因為生病了所以怪裡怪氣的，是因為我本來就很怪。只是生病以後讓我對許多事物都失去感

覺，而首當其衝的就是規範，或是說社會化的部分。

　　坐姿、想法、禮貌、行為，需要端正、成熟、符合社會觀感等等，都是一個群體上的相對問題。而現在的我，對任何事物無感的情況下，對這個世界無感，對旁人無感。而對「人」無感的前提下，又怎麼會對「人」所建立的規則有什麼感覺？要為了什麼需要站好，或坐好？又或者是要擔心誰的感受，所以不該突然扭動我的身體，為了誰的在乎，主動向誰問好？

　　我不是變怪，我只是本來就很怪而已。

　　所幸，我室友們好像也都怪怪的。

　　有一天，我坐在客廳的沙發上晒太陽，白天我都盡量讓自己待在有太陽的地方。但那天太陽太大了，刺眼到我無法用電腦，隨手就抓了一條旁邊的披巾蓋在頭上，外觀看起來就像是一個有人形輪廓的帳篷。我自己看不到，但想像起來應該是滿詭異的。但室友起床後也沒說什麼，穿好衣服要出門前只問了我：「要吃東西嗎？」我說好。隔了一段時間他回來後，就把食物放在我一旁的桌上。

　　見怪不怪的他們，讓我這段時間在家裡受到了妥貼的照顧，應該算是我個人相當幸運的地方。

　　當然，偶爾也遇過朋友問說：「你有這麼嚴重嗎？」

　　其實滿幽默的，因為偶爾我也會想，嗯，有這麼嚴重嗎？

我還是可以出門買早餐、出門吃飯，也去了按摩。另一方面，連續好幾天沒出門，在家裡活動時，好像自己也都覺得挺正常的，應該沒什麼事了吧，我在想。所以在傍晚時間，因為跟室友都想看某部動漫改編的電影，而這類電影場次都不多，所以離開了家附近，到西門町去看電影。

　　從家裡步行去捷運站、搭捷運、抵達、找晚餐吃。還好嘛，沒什麼嘛。我想。

　　隨後室友想去看寢具，我說我好像有點累了，就分頭先到電影院旁找個地方喝飲料，坐一下。

　　放空看著窗外，啜著熱茶，雖然周圍很吵，但這種感覺平常到不需要被記載的日常，真好。其實最痛苦的一直都不是出門這件事本身。雖然某些事情的確讓我感到煎熬，讓出門像是苦行一般。然而，隨著人群變多，細語喧囂，焦慮感不斷地向上累積，我的帽子也就跟著越拉低，彷彿給自己包了個鐵籠。過程中偶爾會質疑起自己為何要出這趟門，也難以接受自己的排斥反應。不能接受自己必須接受的這個狀況，才是最不好受的。

　　收到室友傳來的訊息，我從小巷步行到電影院，途中突然被抓住了雙肩，我大大地往後跳了一下，貌似熟悉的聲音問著：「你怎麼會在這裡？」我花了一點時間才對焦在他的臉上，但那個瞬間腦袋有點無法運轉，我以為走在避開人潮的路上，又包成這樣不會有

人認得我了，不會被發現的。嘴裡呢喃著無意義的對啊、好、嗯、好啊。就閃身離開了那群朋友。心想著也許下次再解釋，但其實事後我們也沒再提過此事。

終於進了影廳，座位比想像中還要再小。我解開拉鍊的外套，調整成自己舒服的坐姿。以通常都會釀成大災難的動畫改編電影來說，這部電影算是做得比想像中好，我也滿喜歡的。只是無預警的，在電影接近尾聲的段落，我突然異常地焦慮了起來。我搓著出汗的雙掌，踮著腳尖緊繃著小腿，雙膝也彼此摩擦著。眼睛仍盯著螢幕但分了點心，當下只想逃離這個地方，可我的位置又走不出去，尤其這裡的走道特別窄。肩膀後方開始產生了一種電流通過似的麻痺感，一直延伸到整個下背部，讓我焦慮萬分。

燈亮。

我趕緊戴上外套上的帽子，拉起拉鍊，一等走道邊的觀眾走了，我馬上就起身衝出，顧不得與室友說，我就在人群中的縫隙裡逃竄，也等不及電梯來，推開樓梯間門便直往下奔，我當下的焦慮已讓我不知道該如何表達我的不舒服，我開不了口，也不知道該怎麼向他們說我可能需要搭計程車回家。我不知道該怎麼口述那輛車，或是我要搭車。在那個瞬間，我腦袋根本不能運轉。只能下意識地重複來時的路，在人潮中找出那條縫隙，衝進捷運站，刷卡、下樓，在月臺等車，等車，等車。

車門打開，室友幫我找了一個座位，讓我坐下。但旁邊的婦女正用著全車廂都能聽到的音量，不間斷地指責自己的小孩，我詢問室友有沒有耳機可以借我，他用著抱歉的表情向我說他忘了帶。「沒事，是我自己也忘了帶，是我的問題。」我彎下身子，將帽子揪緊在耳邊，我想避免聽到那位媽媽尖銳的嗓音。縮成一顆球的我，維持著這樣的狀態，直到到站，我也是快速地走出站、再走回家。

闖進家門，我脫了鞋但沒脫外套，逃進房間裡，蜷曲在懶骨頭上，靠著書櫃，空氣裡安靜得像是可以聽見灰塵飄浮的聲音，這時候才終於感到解脫，急迫的心跳也跟著慢慢緩了下來。回過神來，看著沒有開燈的房間裡，從窗戶透進的一絲光亮照在地上，染成一塊不方不圓的多邊形。我吐了口沉沉的氣，一個鬆懈，整個人就倒在那塊光亮的印記上。一股疲累感突然擴展開來，從身體到指尖，我感受著自己的空乏與無奈。

我以為我可以了，但結果原來不是這麼回事。

其實最痛苦的，一直都不是出門這件事本身。痛苦的是整個想像之間的落差與衝突。我們可能遠比自己想像中的更想復原，只是我們一直不敢去想這件事。就怕那微小的希望一失落，就變成我們自己把自己又給推了下去。

萬劫不復。

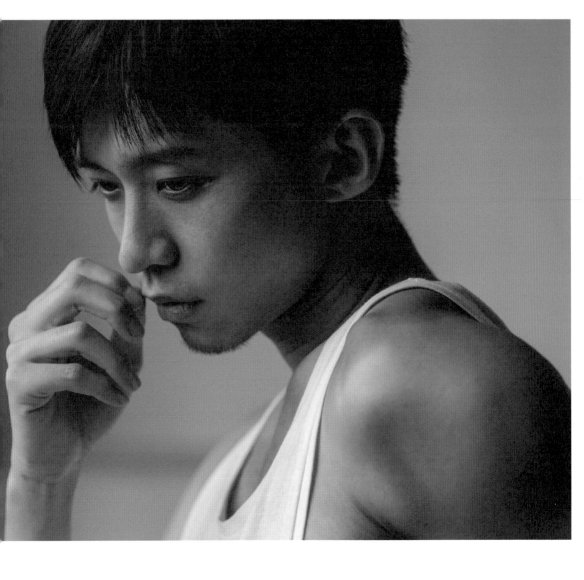

緩解

　　最近，逐漸感到較為緩解了。

　　一直到後來，我寫著這些文字的時間，我都不曾說自己好了。我只會用緩解去形容自己。

　　誠如這些症狀當初不明地來，又不明地走。我不知道這一切因何而起，因何結束，自然也無法肯定自己是不是真的好了。但至少，從許多跡象能逐漸感受到自己慢慢能夠比較輕鬆地面對生活瑣事。我也開始從什麼都不去想，漸漸回到與自己對話的狀態，或是問起一些問題。

　　像是大家最常問的：「你為什麼會突然變成這樣？」

　　起初這樣的問題，對我來說滿反感的。我在工作上的慣性，下意識都是「解決問題」。當有工作進到我手上時，我第一個動作不是直接處理他，而是先檢視一環。確認這個「問題」問對了沒有。如果沒有，正確的問題該是什麼？找到了，我們才來解決問題。對

我來說，這樣的過程會讓工作效率大幅提升。

　　所以這段時間，我當然也曾想過如果從壓力源頭著手改變，也許可以試著調適自己。但我不知道，我真的不知道。連問題的線頭在哪都沒有。所以在逆向推尋的時候，我的情緒就會變得很差。

　　而最近，較為緩解的最近，我又開始探究這個問題。

　　我也想知道，我怎麼了。

　　我的室友總覺得我是工作壓力太大了。

　　在症狀飄來之前，那年我待了兩個不同的公司。

　　兩個工作類型跟時間都不同，共通點只有兩個工作都是今天談好明天就帶電腦上工，沒有交接、沒有適應期，相當硬底子的那種。雖然真的很累，每天工作強度也是緊繃到我一下班回家就癱在沙發上變白痴的程度。但從我搬上臺北以來，不管是半工半讀時，或是之後正式進入職場，工作量一直也沒少過，我就一直去想，差別在哪？是薪水嗎？還是因為擔任主管職？說起來，這樣的晉升真的是我一直以來都沒想過會達成的。

　　小時候，我們家的經濟狀況稱不上小康，但也不到貧困。在那個萬般皆下品唯有讀書高，以名次決定我們生存價值的年代，我完

完全全就是個渣。不知道會不會有點難理解，我以前對自己的想像中，甚至連成為一個上班族都不敢想。我覺得不會有人願意聘僱我的。因為當時我的世界觀很小，而在我以為的那個世界裡，所有人都覺得我就是個渣。小時候的我，一直把自己放在食物鏈很底層的位置。

而在成長的過程當中，我曾經從原本的藍綠藻，膨脹成某種⋯⋯比較大的藍綠藻？

在某些契機下，我終於發現了，原來這個世界，書念不好也是可以長大成人的。

我開始學習設計，也開始打扮自己。從這個時候開始，我的人生就一直重複處在膨脹、縮攏、膨脹、縮攏之間的課題拉扯。像是我在臺北第一個找到的工作，剛去時我還不是很喜歡，想著做通路部門又不是我的興趣，跟自己所學也沒有關係，甚至不覺得這個工作有什麼大不了的，這就是膨脹。但後來感受到同事的溫暖，也因一些挫折，想起自己又沒有什麼能力會被好公司聘僱，覺得，啊，既然也是大公司底下的子公司，不如就在這養老終生吧。這就是縮攏。

但我要是真的這麼認命也就好了，也不會搞出這麼多事。

事後離職，去了一間更優秀的公司。又忙又累，晚上還要去學校上課，當時真的很痛苦，但同時間也很開心。不，我不是 M，

我是真的喜歡那間公司。當時真是個美好的過程，每天都很忙，薪水很少，週末還得打工貼補生計。要求的技術很多，但我一件一件突破。不會攝影，就學攝影。不會縫紉，就學縫紉。我一邊工作，還用自己的名字做了服飾品牌。與朋友合作，參與過幾次數位及實體的攝影展。之後也因為社群媒體的崛起，以此為概念創作短文字、辦了文字展。從工作與學習中逐漸找到一股樂趣，直到大學畢業前，我做了六十幾種不同的打工。領畢業證書的當天還意外被找去做新聞採訪，名字被放在新聞標題上，記者為我封上打工達人的稱號。

講得輕描淡寫，但其實在臺北前面的這七年過得確實是辛苦的，幾乎天天都是十八個小時醒著，有工作，有唸書，有各式各樣的打工，還有自己的一些作品。朋友常常勸我要休息，但當時我覺得自己沒什麼資格休息。

那我的夢想是什麼呢？

每次被問起，我都會說，我好想當一個廢人。某些朋友聽到時都會說，怎麼可能，你是工作狂耶。我就會笑笑的改口說我想買個房子。

接著大學畢業、兵役處理完以後，經由朋友介紹去了一間新創公司，工作做得還不錯，但是老闆的老公隨意延長我的試用期，

令我不能接受，就離開了。雖然是自請離開，但當時很沮喪，覺得自己這七年來在各種行業裡滾了又滾，準備了這麼齊全的履歷跟作品，結果還是無法符合這個社會的需求，喪志到不行，就又縮回藍綠藻的模式。

離職後，一邊在家接案，一邊嘗試做傳產的轉型創業，雖然產品大受好評，但是沒有資金無法擴張產量，再拖也只是燒錢燒體力，只得果斷放棄。

而後，在一位朋友引薦的契機下，我進了飯店上班，也突破了人生工作歷程中全新的高點——我去當健身教練……完全跟我當時的職業還有瘦弱的體型一點邊都沾不上。萬萬沒想到自己能有這種獨特的新嘗試。但其實工作很輕鬆，畢竟出國還會健身的人大多經驗豐富，我根本不需要教他們怎麼使用器材，只要確保健身房乾淨就好了。說穿了就是混時間的工作而已。

沒錯，我就是來混時間的，想做的工作沒得做，嘗試傳產轉型也沒成，我每天就在高高的飯店頂樓上眺望整個臺北市，譴責自己、質問自己——你的人生到底發生了什麼事？

在這種時候，若你的朋友想關心你，就會問你：那你最想做的事情是什麼呢？

我也不斷問自己。每天每天。

我當時的班時是調整過的，每天十二小時，做一休一。所以我每天有很多時間可以譴責自己，同時逼問自己：

　　你還沒有完成的夢想是什麼？

　　我並沒有找到答案，但差不多這個時間點，突然失去合夥人的大雄對我說，欸，開店啊。而泡在惆悵中生活了半年的我，想都沒想就說：好啊。

　　沒有什麼美好香甜的理念與初衷，我們兩個低潮男子，是因為這樣開始企劃「左道」的。

　　雖然開咖啡館的確是我曾經很想完成的夢想之一。就像是很多人誤解的那樣，學設計的人都很愛去咖啡館，我也就一直以為自己很喜歡咖啡館。

　　有時候朋友會讚嘆，親戚也會。他們會說，你真厲害耶，開了一間店。老實說，開店這件事其實沒有大家想像中的難。因為頭一洗下去，你能做的，就是繼續洗完。除非突然停水或是遇到天災，不然正常人應該都不會頂著一頭洗髮泡出門。

　　是的，實際上並不是很順利，我們苦熬了三年。而後為了償還創業初期借貸的資金，將店託付給店長，我出門上班去了。話說回來，雖然在臺北的日子一直都很忙，但老實說，於此之前，接案

不算的話，我的工作從來沒有領過超過三萬塊的月薪。我一直以為
自己跟網路上的鄉民一樣，只要有足夠的薪水，隨便老闆虐我也可
以。而離開左道的那一年，就是我大起大落的年。

　　兩份工作我都擔任著主管職，雖然都不是非常高薪，但我的確
滿意。第一份工作因為業務繁忙，公司在老闆的身體撐不住的情況
下結束了。第二份工作則是因為股東太多，每天開會都得在桌子底
下捏自己大腿，耐著性子聽股東們講各種幹話，看不到未來的情況
下，我便毅然離職了。剛好這一年，我恰巧也搬了家，搬進了一間
還算舒適美觀的老公寓。

　　領著不錯的薪水、住在地段不錯的舒適空間。這樣的生活看起
來像是無可挑剔的。

　　但這個時候，我卻突然開始生病了。

　　室友擔心我是不是因為第二份工作太累了。尤其我離職幾個
月後，主管又聯繫我，說我寫出來的企劃沒有人能執行，希望我用
接案的方式完成它。所以我一邊在家療養，一邊執行這個案子。但
是室友非常擔心我，希望我不要再接這個工作了。雖然我真的也是
做得滿痛苦的，但我同時也覺得不太理解，在臺北這十年多來，我
大多都處在強度很高的工作狀態下，尤其開店也是累到一個昏天黑
地。被一個工作打倒？連我自己都很難相信。

直到今天，看過以前自己寫的東西，我才理解。這麼長時間以來，工作的順遂上我都歸因於是運氣好，能被工作上的長輩與同事照顧才有那些成績。但同時間，出於自卑，背後我總是超支自己的心力與體力，力求表現。每天都是超高工時，甚至一天要接力兩三個不同的工作。偶爾還是會休息或是去旅行，但大部分來說，的確是苦幹實幹走過來的。

　　連續十年多這樣對待自己。現在想想，實在是很不健康。

　　我是怎麼過來的呢？或許反而就是那龐大的負面壓力推著我前進的吧。以前狀況最慘、最低潮的時候，我甚至仇富，或是嫉妒那些我眼中十分優秀的同儕。不過，嫉妒往往都是先從羨慕開始的，那些仇恨與討厭可能不是真的對著他們，反而更像是對自己，對於自己再怎麼努力也無法碰到他們的衣角，更不要說跟上他們的腳步。對於自己脫離不了藍綠藻的預設立場，對於自己無法得到家裡的認同，繼而自己從來也沒有認同過自己。

　　每天就是對著心裡那個巨大的黑洞，投下種種譴責自我的字句。

　　然而在這個過程中，不知不覺的，曾經我所厭惡的那個資本主義社會，也悄悄地支付了我一些回應。從獲得好工作開始，我也逐漸可以應付學校作業，辦過攝影展，也辦過文字展，能用自己賺的

錢給自己買好吃的東西，開過店，拿到夢寐以求的書約，雖然不是買的、但租到了漂亮舒適的房子住……

各種原本以為自己做不到的，或是不敢說出的某些微小心願，像是 check list 般一個個默默地勾了起來。

那個原本把自己看得好小，原本覺得自己很垃圾，什麼都做不到的自己，即便有什麼願望，也都是微小的。但是現在，當一個一個成就被勾起、我不再有什麼無法觸及的遠大願望放在前方。同時，在這些成就被勾起的同時，我可能也逐漸學著肯定自己，不再像過去那麼討厭自己。曾經那個反向推動著我的強烈負能量不再持續擴張。在拉力與推力頓時減弱的情況下，便再也沒有足夠的心力去支撐我扛下那過度的工作壓力，病灶就悄悄地在身體中堆疊起來。

地基沒了，上頭的大樓當然站不住。當工作狂的激進心態逐步消退，半個身體就直接踩進心裡面最微小、最不敢承認的廢人的想望裡了。雖然有點苦惱，也不希望自己這樣，但一時實在也找不到更好的理由去要求自己活得更好，活得更出色。

因為接下來就是一個大哉問了。

我們，究竟是為了什麼活著呢？

2
做個夢想的逃兵

在名為人生的旅途
做個夢想的逃兵

CLINIC NOTES
OF
EMOTIONS

可頌

　　咖啡騰著熱氣，順著傾斜的壺口滑進杯子裡，我咬了一口可頌，右手翻閱著事務機上的傳真，檢查確認單上的品項正確。左手把剛打好的奶泡蓋在咖啡上，拿著確認單跟咖啡回到座位，打開行事曆。

　　10:30 Louis Vuitton 商借。

　　11:30 PRADA 商借。

　　12:00 TOD's , HERMES , CHANEL , Gucci 商借。

　　14:00 送至攝影棚。

　　15:00 訪談──陳奕迅 @ppTWO。

　　19:30　PUMA F/W show.

　　雙手敲打著鍵盤回覆 e-mail，右肩夾著話筒等候回應：「好的，周先生，司機六分鐘後到喔。」把電腦休眠，沖洗了咖啡杯，三步併作兩步出門。

「大哥麻煩你，敦化、安和路口。」坐上車後繼續整理手上的資料，並打電話給經紀人確認下午的拍攝沒問題。在雜誌工作中，商借精品拍照是很常見的事，把企劃書跟雜誌發給品牌的公關，對方會回傳確認單，視品牌的要求而定，帶著確認單去公司或是門市，就會有人幫你把要商借的商品準備好。

　　離開 Louis Vuitton 跟 PRADA 的辦公室之後，回到公司對面的晶華酒店，這裡有好幾間精品品牌的專櫃，若是運氣好，來這繞一圈，就可以借到當期雜誌要拍攝的大部分商品。左右各背著五個不同顏色的超大紙袋，不用認真算，現在可能都有近百萬的扛在我的肩膀上，闊步在中山北路行走都彷彿走路有風。

　　午休跟同事一起去 La bettola 吃飯，稍作休息之後又背著「百萬行囊」跳上計程車，直奔攝影棚。確認模特兒的造型和高跟鞋尺寸沒問題，接著前往下一個工作行程。除了商借精品，訪問名人也是雜誌編輯常見的工作之一，但是等一下會見的是 E 神耶，是神耶，太讓人期待了。

　　私底下的他，沒有舞臺上那麼多肢體動作，但講話一樣很幽默，頻頻開自己玩笑。整個訪談過程都非常有趣，同事採訪他的過程就像朋友聊天一樣。回到公司以後，稍微歸檔今天用到的資料，就差不多接近下班時間了。

　　不過今天，因為品牌公關的邀約，還要去一場記者會。相較於

商借與採訪，記者會就比較微妙了，有些編輯不喜歡參加，對他們來說很花時間，尤其晚上的記者會占用下班時間更讓他們討厭。如果是遇到分身乏術的截稿期間，即便記者會的酒水或餐點再高級，都無法吸引他們到場。相反的，也有些編輯很喜歡，除了基本的餐點酒水，通常來說，記者會的入口，公關在交付新聞稿時，紙袋裡還會附上小禮物──無非就是希望編輯在報導上可以幫忙曝光或是美言幾句。

隨著品牌與活動的主題不同，內容物也有所不同，小至一支筆或是鑰匙圈，大至有錢都買不到的限量精品都有可能。我遇過最意外的禮物，是 B 牌耳機的新品發表會時，直接送上一副全新的耳機，我當上編輯還沒有太長的時間，那應該是我第一次收到這麼貴的公關品。雖然我面帶平靜的收下，但其實當下真是嚇壞了。而最喜歡的則是某 D 牌精品送的一把折傘，上頭印著城市圖像，真的很漂亮，雖然它後來被颱風給吹壞了，但我至今念念不忘。

我知道，聽起來好像過太爽。還是得澄清一下，除了上述的商借、採訪、記者會之外，編輯最大量、最重要的工作還是寫稿，以及印刷前的校稿。很多時候我們還是埋在稿件裡哀號的，而且像這樣整天都在跑外務的話，就要更加利用零碎的時間回覆 e-mail，或是在通勤時間確認稿件等等。所以即便是在講電話，常常雙手也在不斷地敲打鍵盤。雖然很忙，壓力又很大，但我很喜歡我的工作。

日復一日。

　　昨天的記者會裡喝了點酒，早上稍微睡晚了些，簡單梳洗一下就趕緊出門了。若時間足夠，到站以後我會順路買好早餐跟牛奶再帶到公司。跟先到的人打過招呼以後，按下電腦的電源，等待開機的時間我會去烤麵包、打開摩卡壺煮一杯咖啡，再拿著早餐和咖啡回到座位，確認今天的行程還有未處理的 e-mail。

　　10:00 助學貸款截止日。

　　該死。

　　我完全忘記這件事了。

　　幸好註冊單是從網路下載，下載列印之後，就趕緊出門，攔了一輛計程車，請司機載我到最近的臺灣銀行。

　　「七十元。」

　　我大概只上車三十秒，連手上表格的字都還沒看清楚，司機載我過了一個路口就轉頭跟我收錢，我慌到忘了臺灣銀行就在距離公司兩百公尺的地方，司機擺明知道，我心裡暗暗罵髒話，但還是摸摸鼻子付錢下車。

　　上樓找到學貸窗口，在空位坐下，填寫不斷重複的資料，光是名字至少就寫了五次。整份表格的中間有個借款金額的欄位，表格

上印出高中時已貸款的總額，再往下要就著大學註冊單的金額去預估我大學四年要借多少錢。把學費乘以四年八個學期，再加上高中的貸款總額……OK，跟昨天借的精品包一樣價。實在沒想過我實實在在變成了真正的百萬身價，只是昨天背名牌包，今天是背債。

　　終於填完繁複的表格後，走到辦理櫃檯，銀行行員左探右探，問我陪同的家長在哪裡。

　　「家長？我已經二十足歲又過半年了，應該已經有法定自主效力了吧？」

　　「同學，你不是有貸過款了嗎，新學制的第一次貸款一定要有保證人陪同啊。」

　　「呃……」我跟她對看了十秒，腦袋空白。「抱歉我忘了，那我改天再過來。」

　　「提醒你一下，今天最後一天囉，我們三點半就休息了。」

　　我帶著填好的表格走回公司，一路上氣自己的健忘，也看著手機發呆，遲遲不想撥家裡的號碼。

　　又或者說，我實在不想回家。

期望

「怎麼會這樣咧？做事都這樣冒冒失失的。你要回來嘉義辦嗎？明天可以嗎？」簡單向父親描述了狀況以後，他的反應完全都在預料之內。

「明天可能沒辦法，今天是最後一天，我等一下搭高鐵回去，大概一點會到。」換我媽接電話，一陣抱怨跟數落之後，然後一句「好吧好吧你就回來吧。」電話就被掛掉了。

回到編輯辦公室，因為 Obie 來借景拍照，還把同事阿達脫得剩下背心和平口褲，大家停下手邊的工作開玩笑地亂出意見，阿達則是拿著一塊畫板遮著身體，用他一貫的口氣大喊滾開啦。我背著整理好的背包，不情願地淡出這個歡樂的氣氛，搭車前往臺北車站。

窗外的景象，飛快地往腦後過去，自從搬到臺北唸書、工作以後，我就很少回家了。我很忙、我沒有多餘的錢搭車。每當父母問起，都會這麼答。我沒有說謊，但我其實清楚明白，都工作這麼久了，學到最多的就是克服問題，搪塞問題的理由都是藉口，差別就

只在於要不要做而已。

　　出了高鐵站，走往爸爸指定的出口，看見他站在車子旁邊抽菸，想必是到一陣子了。

　　「嗨。」

　　「嗯。」

　　坐上副駕駛座，關好車門。他轉頭向左，確認來車，我轉頭向右。他的雙手使勁地快速轉動方向盤，迴轉，而我用手撐著下巴看著旋轉的窗外。慢慢離開新蓋好的高鐵站，往久未更新的嘉義市區開去。這個熱鬧卻不繁華的城市，我喜歡它，也討厭它。它緩慢不急促的步調，陪伴我平凡的童年，而它十數年如一日的樣子，像是等候，也像是被封住的時間，彷彿也抱怨了我的離棄，並提醒著我各種過去，那些不想面對的過去。直到車子轉進國小後面的街弄，停靠在緊靠校園柵欄的路邊。父親要我先下車，他好倒車停近柵欄一些。

　　「帶這些就好了嗎？」上樓後，爸爸從抽屜裡找出證件和印章，攤在我面前。

　　「對。」我連鞋子都沒脫，站在玄關應答。

　　簽這邊、蓋這邊，我用手指敲著桌上的表格，在銀行櫃檯前對

爸爸下指示。把填好的表格交出去，行員使勁地在每一張表格上蓋過章後，把幾張退回給我，告訴我這樣就可以了。

「就這樣？」爸爸問。

「對。」我轉頭看他。

「那我來幹麼？」

「證明你是我爸。」我站起來要離開，「程序規定就是這樣。」

「怎麼這麼蠢？」他沒有打算控制音量的意思，行員露出了尷尬的表情。

煩死了，我心想。雖然我早就預料到事情會這樣發展，但真正發生一遍，我還是覺得很煩。

「我要回臺北了，明天還要上班。」一回到家，見爸爸準備在客廳坐下泡茶，我搶先開了口。熱水要是煮開了，今天就沒完沒了了。

「吃完晚飯再走嗎？」媽媽從廚房探出頭來問。

「不用了，那樣到臺北太晚，會很累。」

「喔，那等我一下。」爸爸邊說，走進了廁所。

總歸要等，我轉身走進我的房間。雖然關著窗，但許久沒回來了，東西也沒蓋上報紙，書架跟桌上都蒙上一層厚厚的灰，均勻

地，像是把這個房間的時間也包覆著。牆上用奇異筆畫的塗鴉也停在我最叛逆的年歲，跟這個房間一樣，沒什麼變。

架上擺滿了姊姊和哥哥的獎杯，全是成績優異。沒有我的。我小時候很笨。我有的，只是一小塊獎牌，掛在旁邊，是某次運動會，跑四百公尺拿到的。旁邊還有一些珠心算比賽的獎座，那個年代很流行，包含堂哥、堂姊，和我們幾個小孩都一起被送去補習班，他們各個都通過測試去參加比賽，但我連補習班的門都跨不出去。七歲那年，下課的時候，補習班老師對我媽說，怎麼上面兩個都很優秀，老么卻這麼笨？

沒有什麼意外，一如預期，長大後，姊姊哥哥後來都依著父母的安排一路唸上好學校。姊姊國中畢業後就到臺北唸護科，哥哥則到臺中唸國立大學。剩我一個留在嘉義讀一間很普通的國中。所以一畢業，我就堅決地想要離開家去臺中唸設計。當時還不懂畫畫跟設計的差別，只覺得發現了逃離的繩梯，而父母則是從來都不了解我到底在設計什麼。總之，那個只會跑，喜歡看漫畫但不會唸書的小孩就這麼逃走了。我向來無法滿足爸媽的任何期望，無法像姊姊或哥哥一樣優秀。

「好囉，可以出發了。」爸爸甩著手，在門外喊著。

「好。」

出門時已經是傍晚了，昏黃的夕陽，把父親的影子拉得好長，一直到他身後的我這，覆蓋了我的雙腳，從他影子的腦後延伸出去，才是我的影子。

　　我們相繼上了車，路燈也都亮起，就在天色變暗的這時，雨點一滴滴打在玻璃上模糊了車窗，父親隨手打開了雨刷的開關，一左、一右，不交集地擺動，幫車窗刷開一片視野。

　　唰、唰、唰、唰。

「你什麼時候離職？」
「預定是二十九日吧。」我根本不想離職啊，我喜歡我的工作。
「我知道你不想唸，但是大學唸完對你有幫助。」
「嗯。」
「啊你要去唸什麼？」
「企業管理，想說選一個你們比較知道在幹麼的科系。」
　　反正都順著你們意思唸大學了，科系也順便選你們覺得「有前途」的吧，不然每次過年、掃墓，親戚若是問起，父母都會叫他們自己來問我現在在做什麼。

　　他們總對親戚說，不知道我在臺北到底都在搞什麼。

唰、唰、唰、唰。

「選你自己想要的就好了。」父親沉默了許久以後說。
「來不及了。都送出去了。」

唰、唰、唰、唰。

窗外的路燈又糊掉了啊。

天空

　　每個人在不同的人生階段裡，都會有自己賴以為生的範圍。那是當下難以穿越的屏障，在現實中如此渺小，在心中卻無窮大，籠罩自己、無邊無際。在那個當下，那是你的天空、你的全世界。你仰賴、依靠，無法穿越也無法逃離。最常讓人有感觸的大多是愛情，或是心儀的對象，你所有的思考邏輯都會牽上那個你深深愛上的人，他是你舉手投足的先決條件，你世界裡的晴雨指標。

　　不過，對孩童及少年來說，他們的天空通常是家庭與學校。在他們跨出去之前，唯一的目標只有考取高分。這也是為什麼當你跟孩子說：「等你長大就會知道了，唸書是最幸福的事。」他們往往難以理解，甚至會生氣。因為他們還無法望向更遠的天空。而考試、升學，在他們的天空裡就像是暴風雨，而且每年都會來上幾次，具有週期性並不停歇。

　　我出生在解嚴前後，不過當我成長到有記憶的年歲時，那幾年，世界對我而言並沒有出什麼大事。就像是小時候看的漫畫一

樣，數百、數千年前的大戰已結束了，而現在是一個平凡的時代。我在平凡的市鎮長大，覺得自己應該也就這麼平凡地長大，平凡生活一輩子。

那個歲數的我，天空的方圓不超過一公里，就讀的國小就在我們家對面，姊姊、哥哥和我從小都是自己走路去上學，往返學校與家裡，沒有其他。當時的時間似乎過得比較慢，每天總得找些事情消磨，最常做的就是拿下書架上的名人傳記來看，雖然我總是翻了幾頁就會枕著書睡著。

相較於姊姊跟哥哥，我從小就不善閱讀。

猶記第一天上小學，許多家長守候在窗戶旁邊看著孩子，但有半數的孩子包括我，媽媽帶到班上以後就離開了。幾個同學一發現母親不在就開始嚎啕大哭，雖然我也有點緊張，但可能因為家就在對面所以還算安心，甚至有點興奮。而且當時堂哥跟我在隔壁班，我們常常一塊幹些傻事。

有一天，下課的時候，我跟堂哥第一次離開教室去探險。對那個年紀的我們來說，腿那麼短要走完校園一圈也不是容易的事，擅長消磨時間的我，在沙堆旁盯著螞蟻搬運著蟬看到出神，直到老師生氣地擰著我跟堂哥的耳朵把我們帶回教室，質問我們為什麼聽到上課鐘聲沒有回到班上。我答不出來，因為我根本不知道什麼是上課鐘聲，那個時候，我對於「規範」還沒有概念。

不過堂哥就沒這麼好過了，伯父與伯母望子成龍，聽說他們家考試少一分是要打一下的，所以「蹺課」當然是大事。被嚴厲懲罰的他不能再跟我去探險了。我一個人面對課堂，老師在臺上講的話我都不懂。我當時完全不理解，為什麼五加七是十二個蘋果，不懂為什麼水會變成雲，老師只是搖搖頭，要我抄下來就對了。

　　其實我真正不懂的，是我為什麼要坐在這。

　　但當時很多問題是得不到解答的。甚至我也沒想過為什麼我要聽話，只知道我不聽話會被打。於是你得做。他們總說你照做就對了，做久了你就忘記要問為什麼了。而當你不問為什麼、當你不知道為什麼，你就再也看不到生活的天際線了。因為它逐漸地縮小，框住你的視野，也框住你的生活範圍，最後緊貼在你的眼耳鼻口上，令你窒息。

　　於是這個世界繼續運作，但是沒有人會聽到你的尖叫或吶喊。起床、刷牙、早餐、出門、午休、回家、晚餐，你的一天接著一天。你恨，你厭倦，你想逃離，但是又無法脫出，因為你賴以為生。也許像我一樣，做為一個學生，也許像誰，做為一個兒子、女兒，做為一個暗戀者，或是愛人，做為一個上班族──做為一個，你自己，被框住的自己。

　　你仰賴、你依靠，無法穿越也無法逃離。

　　然後我們會失去夢想，最後也失去自己。不是你的生活填滿

了一切，是你的生活縮小到你以為這就是一切。那片天空就在你伸手可及的地方，卻不是因為你的翱翔，而是你的天空縮小了。但我們卻把這樣的範圍誤會成一整片的天空。宛如一只緊貼著你的玻璃罩，你望出去，卻動彈不得。

當你嘆息，霧氣就直接在眼前蔓延開來。眼前的路也就變得更加模糊。

你曾經是否也這樣做過，在那片白霧玻璃上頭寫下求救的訊號？也曾在寂寞時掉下眼淚。「那又怎麼樣呢？」你心想。你也試著說服自己，別人應該也是如此吧？像這樣被鎖在某個地方，自己又不是什麼特別的人。於是繼續起床，繼續考試，繼續寫報告，繼續一切繼續。因為你不得不相信，這就是你的天空、你的一切了。

直到過了五年、十年、廿年，你搬到了新的世界去生活，遇到一樣的障礙，突然回首才發現只要自己不曾擊破那一只玻璃罩，新的生活就不過是種假象而已。

那片烏雲密布的天空，原來一直都跟著你、籠罩著你。

因為每一個階段的我們，總有一片賴以為生的天空。

直到你的每一個決定不再是為了別人而做，直到你終於理解了制約的真諦——逃亡才真正開始。

細語

　　有時我會想，生活在這個社會裡，最可怕的不是你無法做自己真正想做的事，而是周圍的細語。

　　那是一場洗禮、一種催眠，一種潛移默化。可能會偽裝成好意的，或是帶著惡意的。過程中你會不自覺地接受周遭對你的評價，直到最後連你自己都跟著相信他們描述的那個模樣，就是真正的你。

　　在流行珠心算的童年，某天，我被母親從補習班接回家。

　　「真正是見笑死了！」母親一邊抱怨著，一邊走進廚房繼續準備晚餐。

　　「是又怎麼了？」父親跟著走進廚房詢問，我則是坐在客廳歡天喜地地打開電視看魔動王。主角變身的音效蓋過了他們的對話，我根本沒注意聽他們說了什麼，也渾然不知晚上我就慘了。

　　用完餐後，父親要我站在桌子旁邊背九九乘法。嚇得我晚餐都從胃袋擠回咽喉塞著。

其實他們都不知道，我連一數到一百都有問題。他們沒問過，我也不敢說。不知為何，我當時數到七十九，後面會接上五十，接著往下數，就會迴圈。所以我永遠到達不了一百。

我只把二跟三唸完，四的部分唸到四乘八我就當機了。

「你最好今天晚上把九九乘法表背完，不然你明天早上就知道！」父親嚴厲地囑咐我，母親則收著盤子，叨唸著：「沒用啦，這世人撿角了啦！」

那個晚上，我坐在書桌前，死盯著一塊黃色的墊板，上頭的橘色數字在我眼中，一個個都會跳動，組合之間像是跳著華爾滋，前進、退後，再旋轉。它們體力之好的，舞蹈沒有停過，反倒是我，看著看著就睡了。

「起來。」聽到父親冷峻的聲音，我全身的寒毛連著整個人都豎了起來。

他讓我再背一次，我說我沒辦法，怒氣沖天的他把我拎著抓出門，走出門口時順手抓了一支棍子，把我半拖半扯地拎到了家對面的國小。天還沒亮，周圍的建築和樹木都蓋著一層淡藍色的漸層。

「再給你一次機會。」父親說。

我抓著衣角什麼都講不出口，只見他右手高舉，棍子咻地甩在我左手臂上，雖然痛，但怕被打得更凶，我咬著下脣不敢喊出聲，

一條紅色的印子在手臂上浮出。

「給我跑！我唸一句你背一句！」爸爸用力地吼著，指著前方。

二一二、二二四、二三六……一圈又一圈，繞著操場，周圍來運動的婆婆都攔著爸爸，要他別再打了，再這樣下去小孩要被打死了。至於那個小孩，哇啦哇啦的哭，口中複誦了什麼，根本都聽不出內容，直到天色漸光，才又被拎回家換制服，再回到學校上課。

隨著年級攀升，那背不起來的九九乘法也只是小意思而已。雖然不過是國小生活，但所謂困境本就是他人無法體會的。在你看起來稀鬆平常的事，對當事人來說往往都是囚禁他的心魔。這六年，我總是在追趕著我永遠跟不上的進度。值得慶幸的是，我的同學們對我還算友善。不過老師們就不一樣了，他們的眼神讓我逐漸相信，我，貨真價實，毫無疑問，就是一個撿角的孩子。

從那次之後，大人說為了我們好，要求老師把堂哥轉到別的班去。我們分班之後，再沒人跟我說話，我便成了班上的隱形人。沒有考過高分也沒拿過零分，沒有訂早上的牛奶，沒有拿過任何獎，沒有強項的科目，沒有特別的才藝。

我不是沒有形體，只是在這個資本主義社會，大家教你要用三十秒做自我介紹，要找出你能表現的部分，不然主管和面試官就會看不見你。這件事套在班級上也是一樣的，我就是那個你數到最後

總是想不起名字的那個同學。沒有特長的我，就此隱形在同儕中。

　　但隱形偶爾也是有好處的，老師上課問問題的時候不會點你，要上臺朗讀的時候不會叫你，甚至要去搬營養午餐需要勞動力都會忘記有我這個人存在。唯獨一個缺點就是，我被老師歸類在「沒救了」的群體裡面，而這類的小孩都會被指定坐在她的辦公桌附近。

　　六年很快就過了。不像姊姊哥哥那麼會唸書，我順著學區配置到了一間普通的國中。這樣也好，真的。反正也不是唸書的料，我清楚明白。家裡配給了我一臺腳踏車，在一樣的時間起床，到學校去，隨著鐘鳴鐘響，上課下課，日復一日，沒有人注意到我的存在。

　　直到我升上國中二年級，才透過網路認識了一些校外朋友。其中有個特別敦厚的人，外號叫小白。他說想去醫院做志工，問我要不要一起。並非基於什麼大愛心情，只是不知道他去哪聽說的，志工時數可以折抵兵役時數，我是不太相信，但反正暑假也沒什麼事便答應了。現在想想，那算是我踏出籠罩自己天空的第一步吧。

　　無論是距離上，還是心境上，我踏出了原本的生活圈。

　　程序沒有太複雜，簡單面試過後就開始工作了，朋友被帶到高樓層做文書工作，而我在櫃檯幫忙更換健保卡。那個年代健保卡還是一張紙，一張可以用六次，背面被印章蓋滿了以後就得換。熟悉

環境後也開始要帶領年邁的患者找診間，診間位置熟了以後又去病歷室幫忙，學怎麼找病歷，再送到各診間。

偶爾他們會問說，弟弟看起來很年輕，你幾歲啊。聽到答案，除了驚呼年紀怎麼這麼小之外，下一句被問及的往往是：「那你以後想做什麼？」

我不知道。一個什麼都做不好的人，以後可以做什麼呢？或是說，像我這麼不起眼的人，又值得什麼夢想呢。

「不會啊。」婆婆握著我的手，抽出剛剛換好的健保卡：「你看這不是貼得很好嗎？」

雖然是一件不起眼的事，但那是我少數被稱讚的時刻。那個瞬間，我心裡的那個天空，彷彿裂出一道痕，透進了一絲不同以往的光。從此以後，我常常觀察跟我說話的人平時都做些什麼。也在爺爺奶奶們向我道謝時，逐漸試著相信自己不是那麼一無是處。

炎熱的暑假很快就過完了，我又回到了那個隱形的環境。但好多一樣的事，看上去卻不一樣了。在某次的運動會裡，原本不會被點到名的我，被分配得選擇一個賽項參加，當下我也不知道自己能做什麼，隨手就選擇了賽跑。在那之後，我常常與同學結伴到操場去練跑。

說來好笑，當時我的衣褲和鞋子大多是接收哥哥姊姊穿不下

的，所以鞋子其實是不太合腳的，而在某次練跑時，要按成績分組。跑到一半我實在覺得鬆鬆的鞋子太礙事了，竟然停下來把鞋襪都脫了，打赤腳又追上去，更不可思議的是還跑贏了。教練說你手長腳長不如就跑四百公尺吧。事後我才知道那才是最難的賽項啊可惡。

　　雖然是第一次參加比賽，有點興奮，但回家以後我也沒有特別提起這件事，只是持續著每天留在學校練跑以後才回家，維持著我隱形的樣子，直到運動會前一天預賽的日子。我是第三道，目光緊盯著可以切入內圈的旗幟點，在槍聲響起的瞬間跑出去，思緒跟呼吸都沒來得及跟上，但我除了向前，沒有其他念頭。

　　切至內圈時，被前面的人刻意擋住了，瞬間停了一下，馬上就落後了好幾步距離。我選在最後一個彎道直接切到外圈去，在最後的直線進行衝刺，意外地超越了他，拿下了第一名。我坐在終點線後的欄杆上休息，仰頭朝天大口喘氣，又驚又喜，雖然只是預賽，但這是我人生第一次接觸名次這件事。

　　直到其他參賽者抵達終點線，我也喘得差不多了，站起身卻突然跌倒。同學們才發現地上有血，趕緊把我扶到保健室。我跑得腳都麻了，完全沒發現好幾隻腳趾都磨破皮了，教練面色凝重地禁止我隔天繼續赤腳比賽，而我只是靜靜地讓保健室老師包紮傷口，不

發一語。

踩著腳踏車、到家，走進浴室、開了水。

襯著水聲，我才抱著膝蓋偷偷地哭了起來。

這是我第一次，距離「名次」這麼近。不上不下的我，第一次產生希望去嘗試一件事，就在那麼觸手可及的地方。但我還是從那麼高的地方，重重地摔了下來。看著自己的雙腳，想起剛剛圍繞在終點線旁為我加油的同學的臉，不知為何竟也想起更久以前，國小同學以怪胎的眼神看我的臉。

那當下我真的相信了，像他們說的，我這輩子永遠撿角了。

奔跑

　　偷著窗邊的陽光，小心地掀開紗布的邊。哭腫雙眼的小孩，在前一晚無助地祈禱著傷口可以一夜痊癒。想當然耳，怎麼可能。失望地將紗布貼回去，在被家人發現之前將襪子套上，面無表情地吃完早餐後出門。踩著腳踏車從氣球拱門底下穿過，那些歡樂的氛圍在我眼裡都失去顏色，我的世界彷彿正在面臨毀滅一樣。

　　這樣的死寂一路拖著我，直到被廣播叫去報到。教練看我滿臉頹喪，告訴我如果不上場也無所謂，預賽拿到第一已經是一種肯定，拍拍我的肩膀後就去忙了。坐在休息區，我晃著腳上鬆鬆的鞋。

　　「穿這個跑一定輸的，不如不跑。」我心裡想。

　　隨著歡呼聲一陣一陣，離我上場的時間也越來越近。

　　還是棄賽吧。雖然眼眶還是含著不甘心的淚水。

　　我只是個凡人，沒有那麼偉大的情操去參加一場必輸的比賽。我站起身，想走回班上，卻看到同班的臺客老大，捧著一雙鞋朝著我跑來。

「快點換！」那是一雙釘鞋。「我跟某某某借的！他田徑隊！」

我根本不知道他說的人是誰。「你威脅他借你的吧！」才講完，忍著許久的眼淚直接就掉下來了，能被這樣對待是我預料外的。

在腳上多繞了幾圈紗布，就怕弄髒了別人的鞋。紮緊鞋帶。站上跑線，槍聲鳴響，我就感覺不到自己的腳了。所有的雜念都被留在起點上，那個當下，我只記得向前、再向前。搶道，就給他。我只憑著一股衝動。想爭取，更想逃離。被拋在後頭的不是其他參賽者，是我自己。曾經是我的自己。

「穩住！穩住！」圍在終點旁邊的同學喊著，當時我還沒意識那是什麼意思，但是我知道，現在前方沒有其他跑者。直到我腳拐了一下，從終點線底下滑了過去，錯過了「突破」。我跌坐在地上，撐起上身想伸手去抓那條彩帶，教練在旁邊對著我大喊：「有過了啦！這樣算通過了啦！」我才失去意識躺下。

一直到所有人都完成比賽，同學們進入賽道，把我拖到樹蔭下。然後聽同學解釋，當我快到終點線時，整個人跑步姿勢都不穩了，大概像是「進擊的巨人」裡奇行種那種跑法。教練說我平時不運動，連續兩天這樣跑已經超出我的負荷了。但不管我是如何穿過那條終點線的，「總之你拿到第一名了。」教練笑著說。

「你們看，我跑了第一名～」晚餐時，我得意地秀出了獎牌。比起哥哥姊姊曾經拿過的獎杯、獎座，這片獎牌小得令人發笑，不過，這是我第一次拿到一個被獎勵的實體物品。

「嗯。」媽媽用鼻音回應。

「是喔，那你下次考試也會拿第一名嗎？」語畢，父親塞了一口飯。

我沒說話，或者說，這是我早就預料到的狀況。獎牌默默放到旁邊，把飯吃完。然後早早洗洗睡去。隔天，書包裡沒有課本，裝著便服。我踩著腳踏車到醫院去，婆婆果然在。

「妳看。」我把獎牌遞給她。「我做到了喔。」

婆婆拿著端倪了好久，拍拍我的手臂說：「你可以的嘛。」

曾經我深信不疑，大人們敘述的世界。

你不乖，會被警察抓走。

考高分，是長大成人的唯一途徑。

直到那時，我才突然看出去了一個新的世界。

而這奔跑的獎牌，彷彿同時預言了我的逃離。姊姊跟哥哥都已經到外地去唸書了。我以為我也可以。在那個五專制度還存在的時

候，我自己選好了學校，把簡章遞給父母看。當時我選的學校只錄取一個班，還要扣保留名額等等，看過簡章以後，母親用她一貫的口氣說：「只有三十幾個名額，比臺大還難考，不要去了吧。」

但那個時候我一句話都聽不進去。

想說去外地唸書要花錢，就去打工；打工牴觸到門禁，就索性蹺家，叛逆得很。直到哥哥在路上找到我，傳了話要我回家。

畫面一轉，我整理了簡單的行李，坐在爸爸的車上，期待地看著窗外，準備到另一個城市去居住。這不是我第一次離開嘉義，卻是我第一次覺得自己離開了這片天空。我終於可以離開了。仔細想想，還沒上學前，我跟堂哥的感情很好。每每只要相遇，我們就會一塊玩，玩上整天。當時什麼都好玩。

但上學以後，每每只要相遇，就會被大人們要求背對背靠著，比身高，比完身高比分數，比完分數比排名，比完排名比英文，比完英文比才藝。我書唸不好，當然樣樣都輸。也許是我先開始，又或許是他，後來我們就越來越少說話了。即便我們從來不曾對對方有過惡意，競爭卻在我們心中滴下一點一點的黑汙。

但這些都已經被甩在後頭了。現在的我就像是當時踩上賽道的我，只看得見前方。背後的那些，以往的那些，暫時都不在我的腦袋裡頭。望向車窗外，彷彿可以看到那個餵養我長大的天空玻璃罩離我越來越遠。越來越遠。

終於，我終於要離開了。
逃離我曾經無法突破的種種挫敗。

我想去新未來。

輪迴

　　希望是一種很微妙的存在，而與之並存的媒介是時間。撇除科幻片可能會出現的穿梭過去或未來的變因。希望，不能被放在過去，也不是現在。所謂希望，而且是要能造成效果的希望，必須存在於下一秒、下一分鐘、下一個時間點，哪怕是下一個輪迴。那個模樣的希望，才能在人的心中產生力量。

　　但是，正因這個相互牽絆的因素，常常讓人誤會時間就是希望。

　　時間只是相應的指標。若把一切寄託在時間，唯一會發生的，就是讓過去再發生一次，讓歷史的軌跡複寫當下。真正的改變，是實際必須發生的事，並非像戲劇一樣，用一年後、十年後、若干年後帶過即可。獲得必須來自人的付出，時間終究只會把一切帶走。

　　搬到臺中唸書以後，一切事物都變得如此鮮活。雖然初嘗獨立生活，難免有點辛苦，但相較於換來的自由，卻苦得甜美。如此充實的生活第一年很快就過去了，回嘉義過了一個暑假又回到臺中，

但才開學沒多久，我就開始重複做同一個夢。夢中的我，總是抓緊自己的衣服領口。

這個夢沒有結尾，每次我都從夢中驚醒。轉頭看床頭的鬧鐘，上課已經完全遲到了，趕緊整理畫具準備出門。好不容易抵達教室，一開門，全班都轉過頭來看我，大家定格的模樣令我相當不自在，也跟著定格在開門的動作。突然一聲大笑打破了沉默，所有人也跟著笑了起來。我才發現自己竟然是裸體的。趕著出門竟然連衣服都忘了穿。

眼前都是人，當下想轉身要跑回家，但想到路上也都會有人，一瞬間不知道該如何是好，裸著身子僵在原地，怎麼都想不出個解決的辦法，腦汁越攪越緊，啪的一聲突然斷線。嚇醒。原來又是一層夢，我還在床上，轉頭看鬧鐘發現已經遲到了，趕緊整理書包，準備出門，轉動門把時看著鏡子裡的自己。我摸揉著身上的衣物，好好地檢視了全身，才踏出門去。

「剩下的你去處理好嗎？」姊姊坐在圖書館旁的長凳上問我。

我點點頭，約好一會兒在這裡碰面，我就離去了。

這是半年後。我搞砸了一切。

其實我自己都不確定發生了什麼事，成績上也還過得去吧？同學的相處上有好交情的，也有普通來往的，可能還有一個常常對我

講難聽話的，但應該也不算嚴重啊？不知道是什麼難以挽回的事，讓我躲在套房裡不願上課，直到家裡收到通知信。信件裡，生硬的文字只傳達一件事：令郎要被退學了。

「不好意思，想麻煩您蓋個章。」邊走，我想著。為什麼是姊姊來呢。

「同學，借書證有帶嗎？要收回喔。」

「啊，不好意思。」我從錢包裡抽出、遞上。

入學時印象裡只是繳了錢，沒想到休學卻有這麼多手續。前一晚，姊姊打電話來，說今天早上會來臺中找我。代替父母的角色，她替我簽下同意書，但重複寫了這些資料還不夠，我們拿到一張表格，上面印著各處室的單位名稱，行政人員說，我們要一個一個去過這些處室蓋章，才算完成。

從校長室、教務處到教官室，一會兒上樓又下樓，一會兒走到對面棟，跑完十個單位後，姊姊坐在圖書館旁的長凳，看了看表格，只剩圖書館跟其他小單位，她說她想休息一下，問我能否自己跑完剩下的，我說好，想帶她去有冷氣的地方休息，她說不了，叫我等會到原處找她。

「都好了。」像是集點一樣，我帶著蓋滿十幾個章的厚卡回到

長凳旁。

　　但姊姊早已坐躺在長凳上睡著。樹蔭下，錯落的光點映在她臉上晃著。大道邊，許多學生吵鬧地走過。但她都沒動過。皺起眉心，抿著雙脣，我坐在長凳的尾端靠著她。我知道她累壞了，在我心裡無限蔓延開來的是滿滿的慚愧。叫醒她也不是，直坐在這也不是，悄悄地，淚水就滿出了眼眶。

　　明明說好要重來的，不是嗎？

　　上天也給了機會了，我也爭取到了，不是嗎？

　　為什麼最後，又變成這樣？我仍然是那個失敗的人。不僅失敗，還拖著身旁的人一起受苦。

　　姊姊的職業是護理師，我後來才知道，她昨天夜裡跟了兩臺刀，一結束，就趕到車站從臺北搭客運到臺中來，再轉車到這山腳的學校來。她要不是累到不行了，怎麼會在這長凳上坐著坐著，就往旁邊躺下，深深睡著。一直以來我差就差，即便考了零分也沒害著誰，靜靜地隱形在群眾裡。但是這次我壞了事，還拖了自己在意的人下水。

　　「都辦好了喔？」姊姊突然醒來，我趕緊擦去眼淚。

「嗯，對。要吃個飯嗎？」

「不要了，我晚上還要上班，我要去搭車。」

「嗯。」

「你想回嘉義嗎？」

「……」我應該沒有立場再幫自己下什麼決定了吧。我心想。

「轉學去臺北吧。」

我看著她，我不知道，或是，我不敢——

我不確定該講出什麼樣的答案，在這個時間點上才安全。

送姊姊上計程車後，我自己走回宿舍，在轉彎走進大門前，想起她車門關起之前對我說的話，眼淚忍不住又掉了下來。在被別人看見之前，我直直地跑回房間，拉起棉被蓋住自己放聲大哭。

我無法不去質疑自己，質疑自己是不是真的值得被這樣對待。自己是不是真的值得再一次懷有希望。

「來臺北吧。再給自己一次機會。」姊姊這麼說。

謙虛

「那你想好你一個月要花多少錢了嗎？」馬姑姑用手指敲著桌面說。

來上人生的課？來挨罵？來找幫手說服爸媽讓我上臺北？

「嗯。」

「好。」

「對。」

其實都無所謂。反正我也沒在聽。

若你問我，有機會回到過去的話，我會跟十六歲的自己講什麼？

不會講什麼吧。就算是遇到未來的自己，十六歲的我一定會覺得，我看起來跟其他大人一樣，就是個屁話大人。這就是那個年紀會有的思維。

跟幾個朋友借了錢，費了兩個星期才找到房子。談好租約之後，就把行囊都搬上臺北。那時候板南線還只開到新埔，雖然想住

離學校近些，但用盡身上僅存的盤纏，最後只租得起土城的房子。室友態度冷冷的，但感覺人很好，還在陽臺養了隻哈士奇，叫妮妮。不知道是因為一回生，二回熟，還是我仍處在失敗的惆悵中。搬好家以後並沒有什麼愉悅感，或是剛到新環境的刺激感，只是看著窗外發了一個下午的呆，再默默地把電腦組裝起來，開始填人力銀行的履歷表。

往後兩週，除了其中一天去新學校辦轉學，有出門的話，幾乎都是參加工作面試。自以為是的全都選擇設計公司，但當時的我連作品集是什麼都不知道，所以大多連被打槍的機會都沒有，直接石沉大海沒消沒息。少數有聯繫的，碰面後也都沒什麼好下場。每天都是心灰意冷的回家，室友會拍拍我肩膀載我去吃飯，靜靜聽我抱怨但從沒給過什麼意見。直到有一天，我被電話叫醒。

「喂，請問是周同學嗎？」

「是。」

「我們是○○公司，從人力銀行上看到你的。你現在手邊有電腦嗎？可不可以搜尋一下我們的公司網頁看一下？」

「有，好。」

我一邊看，她一邊解釋，○○公司是英文教材出版社，也舉辦英檢。人資主任透過人力銀行的自動配對，找到我的資料，她說她正在找通路行銷部的工讀生，問我有沒有興趣。工作找上門固然開

心，但我相當尷尬的回應她說：

「可是我英文很差耶……」

她爽朗地大笑說沒關係，工作上應該用不太到。叫我先去面試再說。

面試的過程非常順暢，主管跟同事都相當年輕，整個氣氛非常輕鬆愉快，讓我對這間公司印象很好，想想也要開學了，再找下去也不是辦法，談妥條件之後就開始上班。

公司的顧客大多是補習班老師，老師統一代訂以後才把課本發給學生，所以很少直接接觸到家長或是學生。而如同我的部門名稱，我主要的工作就是接訂單、打發票、包貨、寄書、接聽電話等等，其實工作算輕鬆，只要認真工作，通常可以在上班時間內將工作做完。

話雖如此，雖然面試時禮貌得要死，但上班第一天，就發生了很幽默的事。帶著資料跟人資主任報到後，她領著我認識每一個部門的同事，告訴我洗手間、工作檯、茶水間的位置等等，在走到影印機的時候，主任說她需要我的身分證影本，要我去拿來印，這樣可以順便教我用影印機。

記得我說十六歲的孩子會怎麼樣？

當時不知天高地厚，仗著自己在臺中唸書時曾在影印店打工過，便向主任說：「沒關係，我會用。」主任收起原本的笑容，點

點頭，讓我回座位拿證件。回到影印室，沒想到出乎意料的，這臺影印機按鈕介面完全跟我以往接觸過的都不一樣，我傻愣地看著它。此時主任在背後幽幽地說：「啊不是很厲害，用啊。」語氣極酸，酸到我當下有點腦羞但又有點想挖個洞躲起來，但追究根本不也是因為自己不懂謙虛又兼白目，活該二字還不足以奚落我當下的囧感。

我後來才知道，原來對人類來說，最難開口的三個字其實不是「我愛你」，而是「不知道」。

但所謂人的劣根性，絕對沒有這麼容易根除的。

除了學校的設計課程之外，有一段時間我也開始對攝影產生興趣，拍久了，室友推薦我幫他們公司的音樂雜誌做採訪。其實起初工作量並不多，薪資單價也不高，但或許是看到自己的作品第一次被印在雜誌上，徹底被沖昏頭了吧，於是當教材出版社的工作合約結束以後，我便沒有選擇續約，提出離職，一度以為自己可以獨當一面。如果可以回到過去，真想衝上去給這個屁孩一拳啊。總之，當時就決定靠接設計跟攝影的案子過活。

結果日子一天天過去，什麼屁都沒接到，我的朋友們反倒一直接到我的電話騷擾，求他們幫我介紹案子。眼看錢包一天比一天瘦，存款一天比一天少，終於在春暖花開的時候接到了一本書籍的

攝影工作，印象中是叫《暴露狂教學指南》之類的名字，要教讀者如何在夏天來臨之前急瘦，好穿上比基尼到海灘炫耀一番。

但當時實在太屁孩，太智障了。首先，我推薦的模特兒出版社不滿意，最後變成負責文案的編輯得自己下海當模特兒，不知道她當時有沒有恨我。另外，我借了相機但沒借到閃燈，瑜伽老師的教室好暗，我事後硬把分解動作的照片修亮，但勉強過頭的結果就是滿滿的噪點，我想當時排版的設計師收到照片應該都在咒罵我吧。雖然其他也有成功的照片，而且因為我自掏腰包買了小攝影棚，要介紹的商品照片都拍得滿美的，但最後因為一些時間因素，這本書出版社決定不出了。

即便事後仲介的朋友極力幫我爭取，但我還是沒有收到任何費用，就這麼坐吃山空地過了半年，全靠朋友援助。但當時我不僅沒有因此發憤，反而更加一蹶不振，每天睡到天黑才起床去學校上課，下課到家就開始看漫畫、打電玩，到了天亮才睡，日復一日。我顛倒的作息除了同學與線上的戰友誰也遇不到。直到有一天，我不知怎地突然有點醒過來，終於意識到以這樣的生活方式我還能活下來，根本完全不合理。

直到這時我才注意到，室友這段時間都默默地照料我，不僅對我遲繳的房租不聞不問，還會悄悄地將家裡放滿食物，自己卻省吃儉用，忙到肩膀的舊傷發作。這件事，是他請我幫他貼藥布我才發

現的。我當下腦門像是狠狠被敲了一棒，大夢初醒，意識自己這段生活根本就是在墮落，還要別人承擔，完全就是個超級混蛋。

這時我才真正明白，我過往的卑微只是基於害怕，不是真正的謙虛。

雖然過去覺得自己是個沒有用的人，時時在心中責罵自己，卻不是真正的檢討。

那天晚上，我一直處於懊悔的情緒裡，也終於認清自己就是能力不足，沒什麼懷才不遇的浪漫。但同時，我也在那個時候知道，雖然一度我也跟著深信不疑，從小被罵到大的那個撿角的孩子，真的就是個翻不了身的垃圾。但，每每在雜誌印好的時候、在我看到自己的作品、自己的名字那時候，我知道我還是心有期盼的。期盼自己有用，期盼自己能做點什麼——不管是什麼都好。

於是，在自卑的陰影底下，嘗到甜頭的瞬間，自大也悄悄地附著、萌芽。

結果是自卑又自大的我，扭曲了自己，廢棄了生活。沒有真本事，卻高不成低不就。

時間大約在凌晨三點，一個發狠就把遊戲從電腦裡全移除了。打開了人力銀行的網頁開始找工作，一直到了天色微亮，室友差不

多要起床去上班了。羞於見他，又想做點什麼跟他道歉，於是我去翻了冰箱，做了早餐和午餐，寫了一張紙條給他，提醒他早餐要記得吃，而午餐則是帶到公司再用微波爐熱一下就可以了。

下午睡醒之後，除了便當袋消失了，整個家裡沒什麼改變。但我卻很焦急。其實，一切就跟往常一樣，我睡醒時家裡總是這麼安靜。是我自己一直掛心著那個便當。不知道他會怎麼想呢，不知道有沒有合他口味呢，他今天是不是很忙？為什麼沒消沒息？便當有沒有吃？不知道他會不會接受我的道歉？

直到我晚上下課回到家，看到全空的便當盒靜靜躺在廚房，上面貼著一張便條紙：「謝謝：）」，我才終於鬆一口氣，並開始思索冰箱還有哪些食材，可以煮哪些菜。決定好菜單之後，就繼續看人力銀行網站，直到清晨，再去做便當及早餐，然後才去睡。

不過這樣的日子並沒有很久，好像宇宙真的有在聽一樣，若你下定決心振作了，若你真心想完成那件事，這個世界就會給你一點回應。

我收到設計公司的面試通知了。

從此我就過著幸福快樂的日子。

別傻了，有可能嗎？

這間設計公司最有名的作品是 PPAPER，當時最受歡迎的設計

雜誌。

　　應該至少有一半的設計科系學生都想到這裡工作，或是以做出超越這本雜誌的作品為目標。小時候連發兒童節玩具都會送到我前面一位就剛好發完，對於偏財與運氣都沒有一點瓜葛的我，大概一次全用在這上頭了……

　　順利通過總編 Ivee 的面試，她講話很輕，但很有力量，很溫暖。簡單問過我幾個問題之後，要我當天就開始上班。

　　不過，起初我被分配在公司裡設計孕婦裝的部門。我表面上非常平靜，每天跟著設計師 Justin 去布市、找鈕扣、找配件、找打版師……一切都有趣極了，我每天都腦洞大開，Justin 也從來沒有吝於向我解釋每一個工具的用途，教導我怎麼用裁縫機。但死小孩就是死小孩，我最後還是沒有像梁靜茹一樣一夜長大。在某個一同吃飯的契機下，我向總編說：我還是比較想做雜誌。

　　幸虧 Ivee 是個溫暖又貼心的人，她沒有解決掉提出問題的人（就是我）。她選擇了解決問題。她再次應徵了一位設計助理，派給 Justin，並且把我調到編輯辦公室。我一直都很感謝她。是她給我機會改變我的人生。雖然一樣白目，但這次不同的是，我把整個人生賭在緊抓這次機會。

　　雖然只是做行政雜務，還要幫忙溜狗。但我把前一個公司的行政流程複製進來，加快許多作業進展，週末也到公司加班。我空下

了很多時間之後，便開始向設計總監要工作。通常我在早上半天就能完成手上的行政工作，下午就開始幫忙修片、找資料、準備素材等等。幾個月後，我第一次被總監交付製作一張完整的廣告。從無到有，我自己來。

從那張廣告印上雜誌那一期開始，我的名字在雜誌的編輯頁上從實習生被移到了設計助理。

終於到那個時候我才理解，所謂經驗之於做好一件事的重要性。

偶有名作都只是剛好幸運而已。沒有附帶著經驗的自信，其實不過是自大罷了。

配合

　　人是無意識會順著習慣生活的動物。

　　起初我也沒有發現，自己在個性上如此不健康的慣性，會就這麼慢慢滲透體內，逐漸生長。直到我有了意識，早已深入膏肓，為時已晚。

　　即便起初，根本沒有這樣的問題。

　　從懂事以來，印象中，母親為了維持家計，會隨著四季有不同的兼差工作。夏天的時候，要手工剝蓮子；秋天的時候，去幫忙做月餅；春天的時候，去冰棒工廠幫忙。母親為了就近照顧我，通常會把我一起帶去工作的地方。有時需要幫忙，有時不用。但不管在什麼地方，我總是可以找到屬於自己的樂子。像有時，若去古董市集裡做結束後的清掃，我就自己在垃圾堆裡挖掘那些帶有裂痕或撞傷、直接被商家捨棄的小飾品，當作自己的寶物。

　　除了有一次，母親那陣子的工作是到一個小工廠裡用大型機器幫塑膠花軋型，那附近沒有其他商家或人家，都是樹林。一開始

我也是自己在樹林裡探險，但沒什麼樂子，很快我就開始厭倦了，只想早點回家。於是我跑回工廠，偷偷把機器上的鬧鐘轉快了十分鐘，那天我很開心，覺得母親好笨都沒發現。其實笨的是我，完全沒有做壞事的天分。

離開前我並沒有把時間往回調，隔天也沒有，反而又繼續往下轉了十分鐘。幾天以後，一進工廠母親就慘叫：「唉唷！怎麼這麼晚了！」連忙打開機器開始工作，我則是跟往常一樣，出去樹林玩，沒過多久母親就叫我跟著她離開，載著我跟塑膠花去交件。一走進手工藝品店，老闆娘就問說，今天怎麼這麼早回來，有事要先回家嗎？母親疑惑的看著材料行裡的時鐘，距離她應該回來交件的時間早了一個多小時，她跟老闆娘錯愕地對看了許久。

回家後母親當然就抓著我毒打了一頓，隔天再從抽屜裡翻出一支舊手錶帶去工廠對時。

回想這些孩提時候，雖然沒有得到過什麼玩具，但我總是能設法給自己尋開心。上小學之後，我有幾次在看著排隊爬行的螞蟻，或是石縫中的嫩芽看到出神，直到上課鐘響才被老師拎回教室。當時他們跟我說，這些舉動是很奇怪的。要我開始學著聽鐘聲，要我認真學寫字、學算數、學各種我生活裡用不到的理化、地理或是歷史以及方程式。他們說，這一切都是為了我好。

當時雖然不懂，但照著大人所說的做，是孩童唯一被交付的指令，即便問了為什麼，也不會有一個相應的答案。我一直試著學習，學習成為班上的一分子、學習像同學一樣做出正常的表現。雖然我通常學得不太好。校長總是在朝會時說，在我們這個年紀最重要的是均衡發展，德智體群美，缺一不可。但每到了發考卷的時候，你會疑惑，在我們這個年紀最重要的似乎只要唸書就好，老師考量你人品的方式不是你怎麼待人，而是你的名次超越了多少個人。

　　直到國中畢業那年，我離開家到臺中去唸設計。我以為那是一個逃脫，能逃脫這樣的規範與制度，逃出我玩不來的遊戲規則，但我失敗了。轉學到臺北以為重新開始，但也沒有成功。所以，當我意外進了設計公司工作，當我感受到，我有可能可以做好的時候，我什麼都做。像是要彌補過去不曾及格、那一張張數不清的考卷，每一件事，我都要求自己做到滿分，甚至更好。

　　為了更好的完成工作，我努力認識世界聞名的設計師，也死命背下各個精品與其品牌沿革。猶記某次訪談中，我聽不懂那是什麼，慌忙寫下受訪者口中的「揪三德」，裝懂點頭，事後再去問同事那是什麼。同事看著揪三德疑惑許久，最後終於猜出我口中的發音是 Jil Sander，對著我笑了很久。

再小的雜事我都仔細做，甚至是幫忙大家買咖啡這種跑腿，我都覺得其中有細節是你可以做到最好的。我從撿角小孩變成同事口中的貼心孩子，我也就以為這樣很好。我終於做對了，也做到了，就繼而把這件事複製到我的生活跟我的人際關係裡。

學校的作業，倘若拿到高分，不是因為我的作品特別優秀，而是因為我知道老師喜歡什麼風格，我做出他期望的作品，甚至連設計理念都依著老師的喜好寫。朋友之間，我不會主動要求要去哪、或是要吃什麼，但當大家沒有意見時，我會第一個跳出來統整大家的想法。當沒興趣的工作邀約出現，基於不好意思推託，也是會硬著頭皮接下來。當時我在執行這些過程的時候，沒有注意過自己的喜好，其實也不覺得自己特別委屈，只覺得大家都好，那就好了。相對的，我也得到許多方便。在與大家的往來過程，也都相安無事。

除了一位設計師同事，Claire。她的冷酷讓我一直以為她不喜歡我，我就更試圖去討好她，花更多時間去完成她交付的工作。有次，因為她在趕急件，請我幫忙一些需要修圖的工作，我也比平常更加積極地做。直到她突然發現我時間到了卻沒有下班去學校。我嘻皮笑臉地說，我打算蹺課啊，無所謂啦，反正學校又學不到東西。

Claire 放下繪圖筆。她說：小信，我們去外面聊聊好嗎？

她點了一支菸，說她不喜歡我這樣。我當時想，我也覺得妳不喜歡我，但原來，我完全誤會了她的意思。

　　「你要清楚自己是為了唸書來工作，還是為了工作要去唸書。如果你覺得這裡比學校學得多，那你現在就休學不是更好？也不用提早兩小時下班，可以學得更多。如果選擇唸，那就要好好唸，不要被其他事情影響。」後續的這些話，完全在我意料之外。我沒想過 Claire 會跟我講這些。

　　「另外，你想做好的事情太多了，但你不需要這樣。我們一起在做雜誌，每個人都在戰鬥，但不只是雜誌，每一份工作都要跟時間賽跑。我不確定你是不是想要對誰證明什麼，但是你自己默默扛這麼多工作，要是在你那裡出了什麼差錯，就會接連影響其他人的工作。所以偶爾你也應該要試著拒絕我們交給你的工作，告訴我們你現在手邊在忙什麼，因為只有你才知道你自己的行程表，而不是都先扛下來再說。你很棒，你工作表現得很好，但我們其他人應該也都很優秀啊，所以大家才能一起工作，不是嗎？你偶爾也要學著相信別人，不要什麼都關在心裡面自己承受。我不知道你為什麼想做這麼多，是要彌補什麼嗎？可是你已經長大了，你應該要知道，你做好你自己就好。」

　　她把手上的香菸熄掉，要我把做到一半的檔案交還給她，然後趕緊去上課。

當時我似懂非懂，但為了怕她生氣，沒多問什麼，東西收一收就去上課了。

直到電影《穿著 PRADA 的惡魔》上映。前面我一直在笑，主角跟我重疊的過程好多。從一開始，得到了一份夢寐以求的雜誌工作，雖然不懂時尚，但也沒關係，反正這只是工作的一部分。而當劇情進行到一半，我笑得更誇張了。我也曾被老闆養的狗 jayjay 拖在路上走、也曾幫忙照顧老闆的孩子。唯一不同的是我的老闆態度溫柔得多，我所有的工作壓力其實都是來自我自己而不是米蘭達。電影後段，為了做得更好，我跟小安一樣，也開始穿起這些名品，開始更懂打扮，變得有模有樣。提著那些商借的名貴背包走在大街上，身邊的配樂彷彿都是為你而起的如此這般。

直到劇情急轉直下，我直接在電影院唏哩花啦地哭起來。

為了在臺北生活，為了要證明自己可以，我常常沒有睡飽。一大早起來，收拾上班、上課要帶的東西。提早兩個小時下班，隨便在路邊買個便當進學校。晚上下課，隨便吃點東西，回到家洗完澡已是深夜。也許是學校作業，或是準備隔天開會的內容，等到真的躺下休息，已來到凌晨。一早，又循環著一樣的過程。週末，若不是去公司加班，就是額外接案子做或是去打工才夠貼補作業的材料費。也曾因為過度的工作時間，跟戀人吵架分手、因此跟一群朋友漸行漸遠。一整年裡只會在過年那天回家，跟家裡的關係也變得更

加陌生。

　　電影裡，Nigel 說：「等你生活全毀的時候記得告訴我，那表示你要升遷了。」

　　是的，當時 Claire 跟我講的，我還不夠理解，一直到我已經沒什麼好失去的了，那時候，恰巧我獲得了升遷，成為正職的文案編輯，公司讓我獨立去採訪、跑記者會、商借等各種工作，我以為這樣很好，直到某次我在路邊崩潰地大哭，我才發現一切其實不如我想像。

　　於是我終於懂了。那個為了符合同儕期待而收起的那個自己，那個能透過無趣的窗看見有趣的風景的自己。原來 Claire 想對我說的，或是電影中最後的結局其實很簡單。只是我一直去配合別人，配合到看不見自己。宛如一種病，深入膏肓的病。而那樣的病，Ivee 在她的書裡寫過：當我們的生活不再以自己為重心。當我們只為了別人的擔心而擔心。這種病，叫做配合癌。

我們從小被送進學校，學習做人的道理；
長大以後被送入社會，學習忘記在學校的一切所學。

好嗎

　　有時會想，做得到的叫目標，碰不到的叫夢想。不過，對我在設計公司的同事 Charlene 來說，兩者之間可能沒有太大差別，我總覺得她老是可以完成她想做的事，而且都是一些很酷的事。當我在寫這段文字的時候，她正在學木工，還跟上課的同學一起去整修老屋，據說有模有樣，沒人知道她以前是個文案編輯，光用想的我就覺得很秋丟。

　　有段時間我跟 Charlene 常常會湊在一塊討論星盤跟塔羅牌。說來有趣，這間公司裡，幾乎每個人都能分析上幾句。主因是總編輯對命盤和紫微斗數小有研究，尤其她本身講話就讓人感覺非常溫暖，有時我們若遇上人生困境，都會去找她聊聊。有時會得到總編自身的體悟，有時她會幫我們解盤，所以命理話題在本公司相當稀鬆平常。

　　不過我也不是一開始就對星座這麼感興趣，是某天突然發現，星座對我的工作很有幫助。有時出門採訪名人時，並不是每一位都非常健談。可能你問了長長一串問題，得到的回答只有，嗯、喜

歡、對、不錯，回去稿子根本寫不出來。但星座卻是每個人都可以聊上兩句的事，所以很適合在一開始將氣氛先聊開，再開始訪問，就會順利得多。塔羅牌則是跟著朋友一起學的。

我剛進公司的時候，斜對面的位置空了非常久，幾乎是到我要轉成正職文案的時間點，才開始看見那位同事來公司上班，就是 Charlene。當時聽其他同事說，她因為忙碌過頭，身體出了狀況，所以請了一個長假去周遊列國。後來熟了我們就常一起吃飯，每當她聊起國外的事情，我都聽得很起勁，那些隻身旅行的故事實在太令人嚮往了。而見歷不多的我，能與她交換的內容，就只有算塔羅牌這件事了。

相較於我覺得自己是個悲觀的人，Charlene 卻總說我的解牌方式跟攝影作品帶有一種溫暖的力量。每次她這麼說，我都會搖搖頭。在我心中，Charlene 才是我認為符合溫暖這個詞彙形象的人。

而那天也是，雖然氣溫微涼，陽光卻能把人晒得暖暖的日子。稱得上風和日麗，稀鬆平常、沒什麼特別的午休。我跟 Charlene 一起吃午餐，順便算塔羅牌，詢問她與新對象的契合程度。結束後，我們散步往回，準備去買兩杯咖啡回公司繼續上班。沿路聊到前幾天的離職歡送會，我做了幾張「感謝狀」給總編蓋章，讓總編發給離職的同事。Charlene 笑說那些獎狀很可愛。

「說到獎狀⋯⋯我小時候去同學家的時候，一走過玄關真的看

傻了眼，他爸媽把他拿到的獎狀都裱框掛在客廳的牆上，超級壯觀，整面牆都是。小朋友都在看電視，只有我自己在看那些獎狀，覺得太不可思議了。」

「全部！預算好高！裱框很貴耶！」Charlene 大笑。「那你以前拿過什麼獎狀？」

「我沒拿過獎狀耶。」

「怎麼可能？一張都沒有？」

「真的沒有。我小時候很笨，考試成績很差，名次都是從後面數回來的那種，也沒當過什麼股長，沒有當選證書。」

「全勤獎咧？」

「也沒有耶，好像一個班上只有十幾張，老師就會從前面名次好的開始發起，所以不會輪到我。」

「咦～太令我驚訝了，你會在意嗎？」

「或多或少吧。雖然是我自己書唸不好，但每次都是在臺下鼓掌的那一個，看了十幾年多少還是有點感傷吧，哈哈。總會希望自己總有一天，也能把名字印上去啊。」

「好像可以理解。不過你現在名字印在雜誌上了啊，想想以前那些拿過獎狀的同學，有多少人都不一定能像你一樣做到這件事。」

看吧，Charlene 真的對我而言是個很溫暖的人。

「說到雜誌──」我苦笑。

「怎麼了？」

「有一次我回老家，想煮個麵，就到廚房裡去拿鍋子，把倒放晾乾的鍋子翻起來的時候，發現底下吸水的報紙磅數好高，一時職業病犯，想說是哪家公司出的刊物這麼厚，就搬開幾個比較重的鍋子，從底下抽出一張來看，發現就是我們做的雜誌耶。」我邊講邊大笑。

「蛤？你媽媽買設計雜誌？」

「怎麼可能啦，當然是我寄回去給他們的啊。不過沒關係啦，也算物盡其用……」

「怎麼會沒關係！」我話還未說完，愣住看著打斷我的 Charlene。

「怎麼會沒關係，我懂。」她邊說，用手拍了我的背。

突然啪的一聲，像是斷開了什麼。我就在大馬路上崩潰哭了起來。

這一切，太突然了。

我原本要講什麼也忘了。那瞬間我直愣著，看著她認真的眼神，彷彿穿透了我整個人。腦中還未做出下一個反應，微張的嘴唇，還在等待大腦的指揮，應該要應答些什麼的，卻意外的被眼眶搶先了動作，一顆顆滑落的淚珠停不下來。

「對啊……」

不知道是因為她說了怎麼會沒關係，還是那一句我懂。也或是從她掌心傳到我背上的溫度影響了我。我就這樣止不住地在大馬路上潰堤大哭，無法自己。

　　我的腦中浮現各種聲音，對我自己喊話。趕快停下來、你太誇張了、太丟臉了吧。但眼淚就是不肯停歇。Charlene 把另一隻手也放到我的背上，慢慢地抱著我。這令我哭得更慘。

　　「怎麼會沒關係……」

　　我也不知道我顫抖著說出的這句話，是在回答她，還是問我自己？

　　如果這一切真的沒關係，那麼我一直以來在追求的，到底是什麼呢？

　　是不是太想擺脫過去了呢？還是想擺脫以前的自己，那個不曾獲得任何肯定的自己。也許我平時太少去考慮這些事了，也很少去訴說這些往事。不論是我的失敗，抑或是我膨脹後的墮落。或者說，我可能也很怕別人知道，畢竟這也不是什麼光彩的事。而報喜不報憂的樣子，容易讓人產生幻覺。

　　是否因為這樣呢。從我搬上臺北生活、進入設計公司以後，當大家只看到我已經改變後的模樣時，這些人都說我很好，當我多聽幾次，當我聽見他們說我這樣很好，當他們說我有主見、有想法、懂得打扮，知道自己的人生要做什麼，朝著同一個方向前進。我就

真的也覺得，我這樣很好。

於是，這些禮貌的讚美，逐漸影響著我決定事情的指標。我錯把那些話語當作一種肯定，填補自小匱乏的心靈自信，彌補求學時的缺憾，也蒙蔽了自己的雙眼與內心。

這麼長時間以來，我就是順著「大家會覺得好」的路在走，卻從未真的考慮過自己需要什麼。於是，那一個大家認為的，朝著夢想筆直前進的我，步伐邁得再大其實也都只是原地踏步、不曾前行。在自己畫下的圓圈裡躊躇，從未跨出去過。我也不是沒想過改變，我也希望自己變好，但我卻是依照著別人覺得好的方式在做改變。

那本吸飽水又乾去、泛黃皺蹙的雜誌，變成我背上最無法承受之輕。

而 Charlene 的溫暖，無心地擊碎我全身的武裝。

於是，當所有人都覺得我很好的時候，我才發現我一點都不好。

完結

　　真實的人生，不會被若干年後這幾個字給輕輕帶過。即便那一天，我終於發現我遺失了自己，即便那一天，站在路上崩潰大哭。即便我已品嘗了那般苦澀。關於我的人生或是整個世界，也不可能就此好轉，或稍微暫停。我仍然在早上七點賴床掙扎，重複按掉五分鐘後的鬧鐘，洗把臉後仔細檢查上班及上課個別要用的工具與資料。然後拖著疲憊的身軀出門、在捷運上偷打瞌睡，然後抵達公司上班。

　　「等到畢業就好了。」

　　到了下午五點，提早從公司離開，進校門前，買一個簡單的便當，進入學校鐘聲便響了，但沒有時間吃，若下課時間不夠用，偶爾會在桌面下偷扒兩口飯，在課堂上把晚餐吃完。十點多下課，買點簡單的宵夜回家、吃一吃，洗個澡。然後得準備隔天上班的資料或是訪綱，接著再把學校的作業做完，就又是凌晨，設了鬧鐘，不

足六個小時又得醒，每天都是如此。

「等到畢業就好了。」

到了週末。自然醒是奢侈的，學設計的作業材料費很貴、工具也很貴，小時候畫一張圖畫紙兩塊、四塊，現在畫一張水彩紙，隨便都要四十塊起跳，都足夠買個小一點的便當。週末通常在打零工，或是接案子度過，只有一份工作的薪水並不夠我生活跟負擔學校的開銷。倘若真有一天，碰巧都沒有工作，最大的奢侈就是買一杯冰淇淋，或是帶一本書去咖啡廳。不過那本書我從來都沒翻完。我每次到了咖啡廳，就坐在戶外的位置，靠在椅背上仰頭望著，這發呆、一呆下去常常就是一整個下午。那整個下午，我腦袋全都是空的。

「等到畢業就好了。」我總是在心中這麼對自己說。

到時候就直接去當兵吧。當完兵，應該還可以再回來 PPAPER，後半生應該簡單活著就好了，只要專心上班就好。再撐一會兒就好了。我每天都這樣對自己說。不管外人看來我有多光鮮，就像是一隻天鵝，你不知道牠水底下打水打得多激動。

直到我終於把畢業展的作品都準備好時，我卻慌了。

「就好比一齣連續劇。」我說。

Ivee 點點頭，示意我繼續。

「一開始你很明白，你就是要找到你的殺父仇人。途中也遇到恩人教你絕世武功，也打敗一些小嘍囉提升了等級，而你窮追苦追了三年，終於在最後找到了線索。然後，你一刀刺進了大魔王的胸口！你終於報仇了！身邊響起了激昂的音樂，畫面也打上了全劇終，可是──」

「可是？」Ivee 說。

「可是……人生沒有這樣的旁白，實際上，我的生活也還沒有劇終。怎麼說呢，我現在大概就處在刀子刺進仇人的那瞬間畫面，一方面覺得解脫了，一方面心裡又忍不住自問：然後呢？」

「然後接下來要幹麼？」Ivee 接著說。

「對啊，接下來要幹麼？」

「哈哈哈哈哈。」Ivee 大笑後說道：「把一件事看重了，總是會這樣的。當那件事重到讓你以為這就是人生了，突然消失了難免就會不知所措。像當年我跟包去結婚，很興奮，登記了！耶！我們是夫妻了！蓋完印章也是想，然後呢？但那都是一小段時間的事。你看，然後我們就開公司啦，然後我們又生了香香，我也因為香香創

造了一個衣服品牌。繼續走下去總是有續集的，也許殺完仇人，你接著就會挑戰成為武林盟主？」

我似懂非懂地離開辦公室，繼續完成當天的工作，然後下班到學校去。反正就是去當兵吧。我想。也沒什麼其他選項。我又不愛唸書，也不擅長唸書，繼續升學完全不會是個選項。主要還是我很喜歡沛報的工作吧，我喜歡跟大家一起上班的感覺。趕快當完兵，再回來上班，Ivee 應該會答應吧。

「你不唸大學？怎麼可以不唸大學！」父母驚呼。

某次回家，他們先是大發雷霆，接著試著說服我，唸大學才有競爭力，怎麼都不為自己的未來好好著想等等。最後，我想他們都不太確定他們在講什麼了。我忍不住思考，也許他們就是想要家裡有個大學生罷了？那我呢，那我怎麼想呢。我腦中逐漸淡出他們的聲音，掉落進自己的世界。老實說，這太難了。也或者，搞笑一點說。原來「等到畢業就好了」說不定是這麼長時間以來，我第一個許下的「人生目標」。

有時候我會想，許多人在高中以前，大人都說，你只要管好你的成績就行了，其他事情都不重要。他們總說自己是對的。長高一定要喝牛奶，大學一定要唸臺大。別問，聽他們的就對了。到你成年之際，高中畢業之前，才突然跟你說，你要決定自己的出路啊，

你要知道自己以後要幹麼啊。甚至他們會說，你怎麼這麼不關心自己的人生呢？

認真的嗎？我們背起來的一元二次方程式，難道可以算出人生的優勢曲線嗎？十七年來只能唸書、寫試題，最好不要出遊、逛街浪費時間、電動不要打、漫畫不要看、看課外書不如看參考書。第十八年卻突然要我們放眼國際，接軌全世界、選對科系、奠定職涯基礎，打造勝利人生，這到底是什麼樣的邏輯，為什麼可以被講得這麼合理？

也是否因為這樣，所以從來沒能挑戰過什麼的我，第一次遇見目標消失時，我迷惘，不知何去何從。而現在，父母親直接給了我一個新的。但是，我還不知道要不要接下來。因為，我還不知道我自己真正想要的到底是什麼。我還不知道該怎麼定義我自己。

「先這樣，我再想想吧。」我畫下句點，暫時結束這個話題。

泡沫

不管心中再怎麼抗拒，我還是去了唸了大學。

我不太確定是覺得有唸大學才有出息的長輩比較鄉愿，還是明明知道自己沒有興趣，但對於頭一次我可能可以滿足父母的期待，就又逕自跳下去的那一個自己比較鄉愿。

而因為事出突然，沒有提前準備，我又自以為能滿足他們的幻想，跨了科系，最後我被分配到的學校在排名上並不是很前面。但反正人都來了，我也就照唸，沒想太多。也或許我一方面心裡想的是反正混完四年就好了。但幽默的是，某次被一位教授發現我的工作背景，她曾私下找我談過。

「今天的對話不可以被系主任知道。」

「好，我會保密。」

「你的能力明明可以讀更好的學校，你為什麼在這裡？」

「蛤啊？」這個對話真是超乎我預料。

直到現在，其實我都還是沒有辦法踏實地接受別人的肯定或稱

讚。我第一是疑惑自己有這麼好的能力嗎？第二疑惑的是，我以為不會唸書的自己落在這所學校也是剛好。但基於防備心太重，我也不知道這位教授為什麼會跟我講這個，就隨口掰了幾句話回應她。雖然到很久很久的以後，我跟這位教授變成好朋友，我還到她的婚禮上擔任婚禮攝影，但當時，我只想趕快逃出辦公室。

「老師，我覺得名校之所以有名，並不是因為它一定可以培養出名人。相反的，當畢業生成為名人後，讀過的學校才會跟著被當成名校。」

其實講完之後，我差點翻自己一個白眼。

我居然可以在幾秒內掰出宛如「每過六十秒等於失去一分鐘」這種似是而非的鬼話，也真是夠了。

當然教授也不是吃素的，嗯了一聲，用她一個慣性的質疑眼神看我。但也沒打算戳破，接著又更詳細的問了一些工作經歷的事，就讓我先離開了。一直到畢業後，我們都沒再聊過這個話題，所以我一直都沒跟她說，我來這所學校就只是為了應付我父母的要求而已。

但也是有好事的，不同於設計所學習的，要一直打破框架去突破更多的想像，企管系每一堂課都把我更加拉回現實世界，尤其是會計，資產等於負債加股東權益，一切都是一換一，沒有例外。也許是大一課比較多的關係，這些知識每天都一點一滴滲透進我的大

腦裡。甫升大二時，有天跟姊姊吃飯，她語重心長地說，你現在真的不一樣了。我問她什麼意思不一樣，她說她也不太會講，就好像是我以前生活都是離地三公分在活的，但現在我有踩在地上了。

說到這，當初為了賭氣、為了想成為「一般的孩子」、為了得到認同，我不只選了企管系，我還辭退了設計公司的工作，選擇了日校。一方面可能是在設計公司待了三年，實在太膨脹了吧，我自以為已經獨當一面，可以獨立接設計案生活了，但以往的我，除了活下去，對於生活周遭在意的實在太少了。而你漠不關心的那些，總是會硬生生地給你兩個巴掌，這是常態。那年，我遇上了全球性的金融海嘯。

源自於出售次級房貸的雷曼兄弟公司倒閉，引發全球性的金融海嘯，他們搞房地產的，跟我做設計的有什麼關係呢？在這之前我一定也會這麼想的。金融海嘯當時重創了全世界的經濟與消費能力，除了裁員，各大公司也紛紛降低開銷，而行銷費用就是首當其衝的，除了設計公司本身的主視覺，設計較常態性的工作，通常是附在行銷所需的圖像與周邊製品。雖然不至於完全把預算砍掉，但在大餅變少的情況下，又怎麼輪得我這種接案新人呢。

我又再一次地經歷了膨脹與縮攏的狀態。我每天晚上譴責著自

己的白目與無知，但後悔歸後悔，該考慮的還是得考慮。現實生活裡我還是得吃飯，所以我又開始了一連串的打工生活。起初的開端非常神祕。站百貨專櫃的朋友說，他的同事面臨了感情上的問題，許久走不出來，恰巧當時我因為個人興趣在研究塔羅牌，就到了櫃上去幫她算命。而這個小道消息一傳十、十傳百。有幾個月的時間我像是駐點一樣，幫那間百貨上上下下的櫃姊們解惑感情與人生。

直到樓管發現這件事，把我找到了樓梯間去，她對我說，這樣子還是不太好的，雖然我們都是私底下算，但終究紙包不住火，這件事情已經傳開，畢竟還是在大家的上班時間發生，她不能不管。我點點頭，答應她之後不再過來，她對我說謝謝，然後問說：「我等下就要交班了，你等一下有空嗎？聽說很準，我也想算⋯⋯」

雖然短暫的駐點算命收入結束了，但也因為這樣跟櫃姊們混熟，得知她們每當休假喬不來，或是要回公司進修時，就會很缺工讀生幫忙卡班，起初只是去香水專櫃支援，後來隔壁的保養品櫃也問起我的時間，消息慢慢傳開，我甚至也接到其他百貨專櫃的請託，那幾個月就在整個臺北市好幾間百貨裡的不同櫃位到處支援。如此這般不務正業的近況被朋友知道後，也被找去咖啡館幫忙，接著朋友也找我去幫忙貼大圖輸出、到深夜的百貨裡去進櫃、換廣告圖。然後市場調查、路邊發傳單、演唱會工讀生⋯⋯等，我的工作越來越奇怪，到朋友們見怪不怪，有任何亟需支援的事都會找我去

幫忙，像是日本的萬事屋一樣。

　　但每一個工作發錢的時間都不太相同，因為產業不同，淡旺季也不同，所以時間上允許，我大多都會接，看起來很彈性的工作性質，實際上我卻很少在休假，甚至配合癌的症狀也再度復發，常常為了配合工作，把自己搞到身心俱疲。有段時間，好友 H 剛退伍，到臺北來找工作時，短暫借住在我家，當時他說，他很羨慕我的生活，我非常訝異。

　　起初他只是問我處理學貸的建議而已，後來他說，他覺得我的生活看起來很體面，我也很能掌控自己的生活，把生活過得很好、很規律，他很羨慕我。

　　「但其實，我比較羨慕你喔。」

　　我向他說，我們這種已經很社會化，生活只剩下工作的人，反而很羨慕他們這樣，可以不顧一切追求夢想。像我做了這麼多工作，但其實一直不清楚自己要什麼，或是應該要選擇什麼工作，不像他，雖然看起來四處流浪，但我們都清楚，他一直都在唱歌這條路上堅持著。

　　「你開心的時候會拿起吉他唱歌，不開心的時候也是抱著吉他唱歌，不用問都可以知道，你人生就是要朝著這條路走了。但我卻沒有什麼事是讓我開心時也想做、不開心時也想做的。我可以理解你羨慕我的意思，但其實對我來說，我比較羨慕你喔。」

在他往下一個地方流浪之後，有天，他寫了一首新歌，傳給我聽，叫做《波西米亞》。

歌詞裡，他笑我想品嘗異國情調的稀鬆平常，卻連三餐都吃不正常。

是呢。為了掙一口飯，卻工作到連飯都沒時間好好吃，不是本末倒置了嗎？

當生活變得不再是生活，只單純是為了存活而已。

那麼，我們是為了什麼而活著呢？

這件事，尤其在我生病、緩解後，更有體悟。

在我緩解之後，準備要回到職場之前，剛好我迷上了一款遊戲，每天晚上，我都在線上等著朋友們上線，一起戰鬥完之後才去睡覺。當時我就想，有沒有高薪、有沒有管理職，都沒關係吧？我還要回到那個充滿光環，宛如泡沫般光滑卻易破的工作環境嗎？持續出席著我不善應對的的社交場合，繼續向上爭取著高薪，還是領個剛好的薪水就好？反正我已經節省習慣了，應該過得去吧。每日穩定地去上班，下班好好吃個飯，回到家跟朋友們一起開心地玩遊戲，然後去睡覺，這樣日復一日的平常生活，似乎就是我想要的吧？

曾有一段時間，我試著控制自己的情緒，甚至從腦袋裡抽掉「後悔」。我總想，與其後悔，不如當下思考清楚、往後設想仔細。但關於這個生活型態的抉擇，不論我在腦中怎麼運算，我都找不出答案。我很想過著所謂「普通生活」，但我遲遲無法答應我自己。

　　這兩條路，我怎麼選、怎麼運算，我都不覺得未來的自己不會後悔。

　　直到現在，我都不覺得我有選出走哪一條路好。我的多年好友曾經一再地警告我，這個想法千萬不要讓別人知道。他說，有些人連工作都找不到，我這樣的煩惱其實很奢侈。

　　但我想了許久，每個人，都會有自己解不開的煩惱吧？在這個世界上，大部分人像我這樣，花了半輩子攀爬，才嘗到甜果。有人的起跑點比較不公平，也許花了一輩子都爬不出自己討厭的位置。也有的人，被大部分人羨慕，含著金湯匙出生，但也有屬於他不自由、不快樂，窮得只剩下錢的痛苦。

　　我有時候會覺得，這些問題之所以難解，某種程度都源自於我們從小接受的教育習慣。

　　我們花了十幾年，寫慣了選擇題、是非題，直到很久以後我們才開始寫所謂的申論題。我們總以為各種問題，包含人生、包含病痛，總是有一個答案，或是一粒藥丸，是可以服下了就解決所有的

問題。不是的，並不是的。誠如我曾經被問及如何做設計、如何拍出更好的照片、如何將工作做得更好，都沒有「一個」答案，而是透過一次一次的練習、一次一次的修正，才能走出屬於自己的、更適合的道路。

所以我需要的答案，並不是要往上或是往下。

在我緩解後逐漸重回職場時，開始收到一些工作邀約。在面談的時候，當對方問我對工作內容或待遇有沒有什麼想法時，我第一句話總是：「我不加班。」

這個看似任性，但某種程度上應該是合情合理的要求，刷掉了許多可能會大有成就的工作，是的，這其中包含了跟總統大選有關的工作，或是經營全球性社交軟體的跨國企業。有時候我也會反過來問自己，怎麼這麼不成材，要是答應了，我現在也許不用像現在一樣，煩惱下一餐在哪裡，我可以回到那個領高薪的日子。

也許，我短時間還是無法找到解答，關於自己是為了什麼而活著。但我也會想，我希望不要再回到那樣的自己了；一到家、躺在沙發，就瞬間腦袋空白、無法思考，讓壓力逐漸累積成病灶的我。一步登天，沒有不好，倘若你的腳步夠大，那個阻止你登天的人才不好。但現在的我，慢慢地走就可以了。

不需要很大的夢想。把自己照顧好，不讓身旁的人、我愛的人及愛我的人擔心，對我已經是個很大的命題。把生活過好，這個

「好」其實沒有那麼簡單，已經足夠我去努力。相較於成為一個優秀的人，我想，我更希望自己成為一個溫柔的人。

　　成為一個優秀的人，的確會有更多的能力足以對抗這個世界，但成為一個溫柔的人，才有能力去對待我們覺得重要的人。

　　我希望擁有足夠的溫柔，去承載我所在意的一切人事物。

　　現在的我，這樣很好。

3

情緒飽和

在名為人生的旅途

做個夢想的逃兵

CLINIC NOTES
OF
EMOTIONS

自省

「周信佐！站起來！大聲什麼！」

嚴厲的指令高速穿越我耳中的迴旋，雙肩一震，突然回過神來。

神經對接上的那瞬間，一陣發麻的感受從肩頸一路蔓延到後腦。冷汗從掌心滲出，整個人被定格在椅子上，遲遲不敢動作。不知道為什麼，明明是記憶力很差的人，但有些片段，總在不明的時候回想起，而且回放的過程，那些細節還異常地清晰。

「你有什麼受不了的！」

咬著下脣，怯怯地站起身。恐懼替換了原本竄流全身的怒氣。

當時應該是一堂勞作課。

每個人都帶齊了自己的工具，除了我身邊的同學，不太記得名字了，印象中他姓張，就先叫他小張吧。

小張這天，什麼都沒帶，嘻嘻哈哈地借走我所有的工具，於是在第二節課時，其他同學幾乎都快要做完作品了，而我距離完成還

差了一大截。就在我慌張地想跟上進度時，小張又把膠帶從我手中搶走。

我看著他，想要他趕快還我。只見他轉了轉膠帶，找不到膠帶頭，就直接拿起美工刀從膠帶上劃一刀，從刀痕上直接撕開，撕了一圈拉到同樣位置的刀痕，膠帶理所當然的斷下。

「如果你找不到頭，你就要在用完時把頭反折，下一次就可以找到要撕開的地方啊！你這樣割膠帶會變成一段一段的！」我對他說。但他的表情顯然不太在乎，把膠帶丟在桌上又繼續做自己的事。

我的膠帶變成一段一段的，無法拉到我想要的長度。在我重複撕膠帶的過程時，焦慮感又更往上升。之後數次，在重複勸說都無效的情況下，又怕下課前交不出作業，我便把所有工具都收進抽屜，盡速趕工。小張見況命令我把工具拿出來，我也假裝聽不見。眼見沒工具可用，小張開始用各種聲音跟小動作干擾我，我全都裝做不在意，繼續做著手邊的作業。

直到那一抹鮮紅灑出。

近距離盯著紙面所以沒有注意到，小張伸手推了我一把。我右手正握著的那把走在紙上的美工刀，一個轉向往我左手的指頭斜了一刀。當時我慌張的情緒其實已忘記疼痛了，但指頭上突然滲出的血，在我未及反應的情況下沾上了整幅作品。毀了。

「你幹麼啦！」

一股怒氣從體內炸開，我已經聽不見小張對我說了些什麼。所有的同學都抬起頭，包含我正前方的班導師。我不能理解為什麼小張可以完全不顧別人的感受，耽誤別人的作業。可能也是擔心倘若這作品沒有完成會被懲罰，才讓我如此焦躁。

「周信佐！站起來！大聲什麼！」

我的怒意並沒有維持太久。班導師的喝令讓我馬上接上那斷開的理智，取而代之的是迅速蔓延的恐懼，從顫動的雙肩，一路擴展到四肢、各個指尖。慌張到不知所措的我，並沒有直接站起來，班導師接連大喝了幾次，我才緩緩挪移身子，站了起來。

「你剛剛幹麼這麼大聲？你在大聲什麼！」

「我受不了他了啦！」我並沒有轉頭看小張，右手壓著流血的左手，也沒有指向任何人。眼角逐漸漫出淚珠。為什麼是我。我覺得好不公平。

「你受不了他？你受不了他就可以大聲嗎？那你怎麼知道別人有沒有受不了你？」

這樣的狀況，怎麼有點意外，又不太意外。

「來，受不了周信佐的現在舉手。」

其實這不是第一次了。

某次有個校內的寫生比賽，我跟偷偷暗戀的女孩一起，兩張畫作都登上了校刊。導師把我們叫起來，她翻著校刊，跟大家說，我們兩個人的作品都入選了。她緩慢翻到刊登的那一頁，眉頭一皺。我是佳作，小妤是入選。

「奇怪你也沒畫多好，為何是你拿獎不是小妤？」語畢，全班哄堂大笑。她揮揮手讓我們坐下，然後叫同學把獎狀傳給我。

小妤是名門之後，每次考試成績總是排名前三，而我只是班上的邊緣人。有一半同學都是他們父母千方百計，轉調戶口擠進學區的。我只是剛好住在這個明星學校隔壁，方便入學的野孩子而已。老師不喜歡我也是理所當然。當時的我是這麼理解的。

但我現在其實很害怕。

怕被懲罰嗎，還是怕大家都舉手呢？怕大家討厭我，怕小張反而變成無辜的人了，而我才是那一個加害者。或是怕我真的搞錯了：老師是對的，我才是那個打擾大家最邪惡的人。我根本不是我以為的，可以發脾氣的人。我是卑微的、無恥的、不應在這裡給大家添麻煩的。

但不是這樣的吧？我咬著下脣，我覺得好不公平，為什麼要站起來被公審的是我。眼眶的淚越堆越滿，我就越用力咬著我的嘴脣，我不想在這時候落淚。我不明白為什麼要這樣，我不覺得應該

是我。

一陣寂靜過後，沒有人舉手。

不知道是不是鬆了一口氣，眼淚這才呼嚕呼嚕地掉了出來。

不是因為我做對了什麼，而是我從來什麼都沒做。本來我在班上就像是個隱形人般，跟大家沒什麼來往，又有什麼好受不受不得了的？

「那你坐下吧。」班導師冷冷地說。

推開小張不知道想道歉還是又想借剪刀的手。我用雙手把所有的工具，跟毀掉的作業們，圍成一個圈，把臉埋進那個洞裡，哭了起來。

我真的，真的很討厭這裡。

放下

有很長一段時間，我很相信人的意志可以做很多事。

所以，當電影《Lucy》上映的時候我看得很有感，有些事不完全只是科幻而已，而是你如何從意識去改變一些外在的模樣。其中有一幕並不是讓我最有感觸，卻莫名記得很久。

在一陣槍戰之後，Lucy 吻了男主角。在 Lucy 逐漸像個機械般冰冷，只以最有效率的方式處理所有事情的時候，男主角疑惑的問女主角，這個行為代表了什麼？

「保持我的人性。」Lucy 回答。

有一段時間，我的工作壓力非常大，感情也面臨觸礁，兩者都遇到相同的狀況。我知道狀況出在哪裡，但對方不願與我溝通，無法解決核心的問題，接著又產生更多小誤會。

每天遇到，雙方都開心不起來，想逃避也逃不開，一定都得見到面。白天去上班，跟我有誤會的隔壁部門主管會繃著一張臉；扛著疲憊的身軀回家，當時的對象會板著一張臉問我今天為何這麼晚

才回來。

一段時間之後，我變得非常「死亡」。

我幾乎不再有什麼情緒波動，憤怒與難過都不會維持太久。那段時間我就像是靈魂出竅一樣，我的理智站在我的肉體背後，看著身體攪拌著飲料，或是跟客戶對談等等的一舉一動，但是情緒卻不與身體共存。

這樣的異常麻痺被一位下屬發現，他常常會被別人影響，情緒走不出來，某天便私下問我，為何不再跟另一位主管溝通工作的問題了，原本我在工作上都會非常積極處理問題的。我想了想，跟他說因為我放下了。我想管好我自己的部門就好，雖然我們兩個部門的業績難免互相影響，但我想讓那位主管承擔他自己的部分多一些。

他皺起了眉頭：「你是怎麼放下的？」

「什麼意思？」

「是想著反正有一天他會有報應，還是覺得以後會有人來懲罰他，所以放下的嗎？」

「不是。」

他更疑惑了。

「如果我還抱持著任何代價的想法去面對這些事情，就表示我還沒有放下，放下就是放下了。這種狀態，不管今天是對他，或是

對我的朋友，我們仍然維持著一樣的關係，但是我不再繼續把它的問題放在我的心上，他的舉動也不會再對我的情緒造成任何的波瀾，這才是放下。」

他想了想，覺得這對他來說可能還是太困難了。

「如果說那些不是你該解決的事情，就像是一顆壓在你胸口上的大石，那不是手一張開，石頭就掉下來了嗎？」我邊帶動作邊說。他說他懂我的意思，但就是放不下來。

他覺得很難。

我當下某種程度上是不理解的。既然覺得身上的包袱重，最快的方式不就是放下來嗎？為何還要想著讓誰來背，或是怎麼減輕內容物？用力地嘗試放鬆是完全不合理的事情，放鬆就是解開身上用力的肌肉，這一切就與你無關了。

這樣靈魂出竅的生活持續一段時間之後，某天與 Eric 碰面，我向他訴說著這樣的狀況。每當我向他講起近況時，Eric 第一時間總是不評論，只是追問我感覺如何。

「我覺得自己像是失去了人性。」我想起電影的那段情節，「我覺得自己不像個人。」

雖然沒有情緒非常有效率，我工作時還是可以對著客戶笑，但我一點開心的感覺都沒有，我每天就像是隔著一塊很厚的玻璃在觀

看著這個世界。

但這樣的擔心沒有維持太久。幾個月後，我的工作與感情都度過了那段最難熬的撞牆期，我也逐漸回復正常的模樣。情緒與身體不再過度剝離，我恢復了正常的喜怒哀樂。多年後，我遇上了一段劇情曲折的新戀情，一陣難熬之後我決定退出，難過之餘我總想著要寫封什麼信給他，甚至想過要對從中作梗的第三人報復。但回憶對方的壞時，總也會想起他的好。想回過去，總歸是喜歡過，也不樂見對方因我受傷。在心中對自己說了一句「算了吧。」那個當下，想起下屬問我如何放下的那段回憶，也突然理解為何當時的他為了放不下那麼為難。

人總歸是一種情感動物，有些道理雖然自己理解了，真正要貫徹卻也不是這麼容易的事。當時我心死到谷底時什麼都能放下，後來把情感拾回以後，某些人事物卻也不是說放就放。

說來好笑，早在我體悟心死的好幾年前，大寶因為男友劈腿傷心難過非常之久，我們這群朋友陪著她好一段時間，在某一次喝酒時，她跟我說她甚至想要到男友的公司去大鬧，讓他無法繼續在那間公司工作。當時我就已經要她放下，而現在的我則掉入跟她一樣的困境。

「他傷我這麼重？我為什麼要放過他？」大寶問我。

「這就好像是，妳現在提著一桶屎要去潑他或潑那個小三。而不管妳找了多短的捷徑能走到他的面前，在妳潑出去以前妳都得提著那桶屎，而這段時間被臭到的都只有妳自己。妳這樣不等於是拿別人的錯在懲罰自己嗎？」

　　大寶笑了。一邊哭一邊笑。

玻璃

故事是從哪裡開始的呢。

他今天問我，你快樂嗎？

每當我說，工作已是我生活的一部分時，大家總會這麼問。

我答，快樂與自由都是在一定限度內才會顯現出來的，當你被束縛，才能真正感受到自由，真正自由的人，是不會追求自由的。快樂亦同。

他沒接話，我們繼續往下走。

而所謂生活，其實我知道，我逃避很久了。

雖然我並不知道我在逃避什麼。

我只是不積極，但我仍處理，我也會面對，還是說，我一如往常那般廢，我從來就不曾積極過。

因為那已經不是休息的問題了。

每隔一段時間，我就想離開，徹底的離開，所以我才會覺得，我在逃。

所謂休息或是旅行，都是宛如吸毒一般的夢，你總得醒的，卻在不知覺中上癮。你相信，你以為，你覺得，稍作喘息後就能正常呼吸了，但根本不是這樣的。世界宛如一層薄膜包覆你的口鼻與眼耳，厚如玻璃，透如空氣，張口卻無法呼吸，伸手也無法掙離，那是遙遠，亦是咫尺，你在這，你也不在這。你呼喊，那層擁抱卻令你無聲。

有時候我做了很多，卻並不一定是因為我想做，我只是怕被埋怨而已。我自小被告知不是一個很好的人，所以我做了很多，支付了很多，預先承載了很多，都只是讓那個交點爆炸的時候，讓我的預支變成一種合理的說法，變成一種安全的範圍，讓那個糟糕的自己，不會變成唯一的問題。但每每累積到連我自己都想指責自己的時候，我卻無法為自己多做什麼。所以當我在解決自己問題的時候，我同時變成自己最大的問題。

但是我哪都不能去。

你追了十幾年的東西，而立之前，你第一次踏上了起跑點。

是，當別人贏在起跑點時，你才剛踩上來而已。你清楚萬分。你可以的，先下場休息，就像大家說的，休息是為了走更長遠的路。但你更清楚的是，你可以休息，但是下一次踏上來，不知道是什麼時候了。回到場上，要不要再下一個十年，那些要你休息的人根本不敢答。風涼如他，沒有義務負責你的人生，他們要的，只是指點你的資格。你十幾年不休息的日子都只拿下這般成績，休息了，還得了？

於是你繼續在緊貼著你皮膚的玻璃罩裡掙扎吶喊——
哪都去了，也哪都不能去。

犧牲

在感情中，必然的維持，是付出。

基於個性上的不同，有些人透過付出獲得滿足，有些人則必須處在獲得的過程裡，才能感受被愛。而這無關於誰愛誰比較多，倘若在這段關係當中，有一方沒有付出，不侷限於有形或無形，其中的感情通常難以維持，無法繼續扶持著對方往下走。

話雖如此，在感情中，我是比較自卑的。有時，甚至會很害怕對方的付出。

曾經有很大一段時間，生存對我來說，是相當不容易的。

日常的飲用水，是帶著水瓶去公司裝。晚上上課前的晚餐，是跟同學共吃一碗泡麵。那段時間對我最沉重的影響之一，是我位移了心中價值觀的排序。工作，或是說存活，被放在首位，而後才是感情及家人。清楚明白這件事的自己，十分害怕愛情故事的情節或字句被帶到現實裡。

「如果你愛我，你會懂我。」

「如果你愛我，你不會無法擠出時間陪我。」

「如果你愛我，你不會把工作看得比我更重。」

在認識之初，我總會與喜歡上的那個人溝通：我，從懂事開始，一直以來都不是一個「好的」戀人。

甚至我害怕「真愛」。無論是自己的，或是來自愛人。

那些愛到飛越洋洲、那些愛到身無分文、那些愛到被公司革職、那些愛到與家族決裂、那些愛到與世界為敵、那些愛到沒有自己的。那樣純粹而真心、濃烈而真摯的感情，是我敬佩，也相對害怕的。

曾經很長一段時間，我很恐懼對喜歡的人表達愛意，也害怕用整個人生來對待我的對象。

倘若他真心愛我，我害怕自己無法對價地償還他的愛。

倘若我真心愛上他，我害怕自己無法傾注一切去愛他。

人雖然大多無法承認——

感情中的付出，最後往往會形成一種較勁。

誰付出得多，誰又付出得少。是碰得到的物質，還是只能意會的感情？從那些愛至心深的戀人口中說出來的「自己」，從來都不是計較的。

「我只在乎你愛不愛我，不在乎你對我付出多或少。」

「我只要你真心對待我，從來沒有要你付出什麼。」

這些話不違心，但並不合理。因為正是付出的天秤失衡了，才會有這樣的感受。那些被索求的，所謂的愛與真心，不也都是付出的一種形態？

在彼此的關係失衡之後，讓人更加無助的，是那水平位置再也無法被調整回來。感情上的失重，即便我們揮金如土，即使我們耗盡人生，都無法找到相應的砝碼，調整兩人之間的差距。再豐沛的感情，終究要失去原來的色調。即便是從付出中得到感情富足的人，也都要感到疲累，直至舉步維艱。

這樣的付出，若只是單純的較勁，也許都還算好。

往往，愛到沒有自己的人，總覺得自己的付出是一種犧牲。

這才是最危險的事。

通常在犧牲的背面，便是期待著回報。你會覺得自己的犧牲應該有所獲得，才是有意義的。但是那個得到，往往都是不夠的。因為當下你只能「感覺」到自己的犧牲，無論你的對象償付了多少感謝、做出多少回應，或是相對為你付出了多少自己所能付出的一切，你都無法感到滿足。永遠。你的犧牲，達不到等價的交換。多數人其實並不如自己想像的，擁有足夠的同理心。那個瞬間，被蒙

蔽的自己，無法體會對方釋出了多少回應，品嘗的都是自己在犧牲上的苦。

「犧牲」在你心上刻下的痛、留在你靜脈裡的苦，是再多的喜悅與愛都無法治癒的傷口，是再多付出都無法填補的黑洞。

只能勒索自己，勒索你愛的人，乃至勒索這個社會與這個世界。

你感到不公，你覺得自己為愛所做出的犧牲，需要一個更完整的代價。

但愛，原來應該是沒有代價的。

也許，並不是每個人都愛得這麼極端。

或許，那些都只是我不夠勇敢去愛人的理由。

但相較於愛人更勝於愛自己的人，我的確偏好選擇與那些能夠愛自己的人交往。我是這麼相信的。懂得愛自己的人，才能懂得愛人。我希望我們能夠珍惜彼此，但也能留有足夠讓雙方生活與喘息的空間。就像在失壓的機艙中，你應該先為自己戴上氧氣罩，再幫身旁的人戴上氧氣罩。而不是將愛變成無限大的課題，變成窒息彼此的壓力。

付出是維持感情的必須，但千萬不要為愛犧牲自己。

現在是廿一世紀了，在荒島上砸斷自己的腳給對方吃這種劇情，在你心中也許是萬般的動人心弦，但一般來說，還是比較偏向駭人聽聞的那一邊。

藍線

今天一下班，我便跟姊姊趕著搭火車到花蓮去。

上個月我就知道爸媽會到花蓮去過母親節，因為外婆有了阿茲海默症的症狀，他們希望有機會就多回去陪她，沒有指名要我回去，我便把週日排休的機會讓給同事。

直到昨天突然來了通電話，我才立刻訂了火車票。

城市飛快的從眼角滑過，再穿過了幾個隧道跟幾片樹林，突然一陣光亮，待雙眼適應那陣白，就能看見拍打上岸的海浪，表示這趟車程已走了一半。

看著窗外，海浪一波一波。

「阿佐佐，吃飯了！」小時候外公都這樣叫我。

花蓮是母親的娘家，由於爺爺奶奶在我還沒懂事前就離開了，從小便有較多的機會回花蓮老家看外公外婆。花蓮老家位於新城鄉，就在有名的新城照相館附近，從外婆家散個小步就可以走到海

邊，所以還小的時候我就會自己走去看海，發呆到外公騎著鐵馬來找我，用響亮的聲音喊著：「阿佐佐，吃飯了！」到家以後，外婆會用很凶的口氣說：「亂跑亂跑，大家等你一個吃飯！」然後挾雞肉到我的碗裡。那是她今天處理了一整天的全雞，從放血、拔毛、汆燙到使勁剁塊，每次我們來，外婆就會讓外公去弄隻雞來，給我們加菜。

雨滴突然一點一點的打在窗上，直到模糊了車窗，也糊了記憶中的海景。今早已發布的颱風海上警報，吹不動奔馳的火車，卻吹得我們一陣心煩。抵達花蓮後，父親開車來接我們，逆行北返，距離不近不遠，兩刻就能到新城。車程間我們問起外公的狀況，車上卻沒人能準確地答。

彎進新城鄉以後可以看到遠方的廟頂，小時候常常能在那裡找到外公。外公很高大，很有威嚴，那個年代長個一百七十幾的身高就像棵大樹，講話又很公道，鄰里間有些什麼事，有時都會問上他幾句，而他總是洪亮地發表自己的看法。

再拐個彎，就到家了。聽見車聲，外公打開門迎接我們，我大聲地喚他：「外公！」只見他駝背的身軀倚著門，揮了揮手，再往旁側身示意讓我們快些進門。他開口說了些話，但是聲音沒傳出

來。

　　我跟姊姊進客廳後，姊姊馬上蹲下抱著外婆，問道：「外婆，妳記得我是誰嗎？」

　　「記得！妳師羽！」

　　姊姊開心地轉過來跟我說：「我要哭了，外婆記得我！」我微微地張嘴，沒說，我也要哭了。

　　因為外婆笑著應答完她以後，看著我的眼神，有那麼一瞬帶著驚恐，然後移開，撇開的視線無神地對著日曆，沒有回應我叫她外婆。我也很想哭，我知道她不記得我了。

　　這一兩年時間，外公吃力地照顧外婆，時好時壞的狀況，常常讓外公生氣，但外婆很多時候只記得他一個人，外公表面上動怒，其實底子裡還是個好男人，會牽著她。可是上個星期，外公的胸腔，檢查出一顆腫瘤，而且壓迫到聲帶，導致他時不時會嚴重咳嗽，也無法正常說話。

　　整桌擺好了的菜餚，都是依瑪張羅的，她是舅舅們請來照顧外婆的外籍女孩，然後大舅舅拿著剪刀幫外婆剪碎菜梗，舅媽也從公司回來一塊吃飯，阿姨跟媽媽在旁邊幫大家添飯，好像很日常，大家圍著桌子吃飯，配著新聞。然後收拾。接著依瑪帶外婆去洗澡，我跟姊姊則去海邊走了一圈。

一切好像沒變，卻也都不一樣了。

　　依瑪幫洗好澡的外婆上了點乳液，大家像回到吃飯前坐在各自的位置上。父親打破沉默要載我們去車站，我收拾好行囊站著等姊姊，這時母親卻輕喚了一聲：「兒子。」從身後環抱著我。我可以感覺她的臉靠在我的背上，我微微地向後仰頭，輕靠著她的。就這麼站了一晌。窗外的雨停了。我乾著喉嚨，什麼也沒說。

　　披著沒有星光的夜，返回臺北。
　　姊姊循著紅線，而我循著藍線，我們揮別了彼此，疲憊地沒多說什麼，各自返家。一張一張藍色的塑膠椅，無意識地承載我的重量，我戴起耳機，彷彿看見新城窗外深淺堆疊的藍色山線，突然想起了什麼，我滑開了〈尋人啟事〉重新聽一次。
　　在走回家的路上，在燈火通明的忠孝東路狠狠地哭了起來。

失感

抱歉。別問我好不好。我感覺不到感覺。

恐懼與期待，靜止在今晨四點。

也許只是巧合，前天開始胃疼，到昨日加劇，晚餐後開始陣痛，一直到就寢，想趁著陣痛之間的空隙入睡，卻突然從陣痛轉為持續的劇痛，在床上扭成一團，煎熬了許久，只得爬起來翻找藥箱，擠出了兩顆藥丸吞下。不知道是不是心理作用，痛楚稍稍減緩，癱軟在床上，看著手機時間往下數六個小時，設定好十點的鬧鐘，便暈過去了。

中午，醒來，看見姊姊的未接來電以及訊息。

她說外婆清晨四點走了。

父親是老三，我也是老三，輩份最小的我，不曾參加過喪禮，爺爺奶奶跟一些長輩在我出生時就走了，我沒有留下任何印象。人生中我學了很多技能，但沒學過怎麼告別親人。我不知道收到這個

訊息，現在該帶著什麼表情。

　　簡單回應幾個字以後，我坐在床沿，滑著臉書，看著搞笑的、看著難過的、看著貓的影片。
　　然後室友們一個個出門上班，我仍然坐在床沿，滑著臉書。
　　那些搞笑的。
　　那些難過的。
　　還有貓的影片。
　　我看了，繼續往下滑。那些情緒映在眼中，我卻沒有感覺。

　　靜靜地訂好車票，靜靜地起床，
　　突然有隻蟲子撞擊著窗戶，打開窗放牠出去，才發現窗外的空氣鳳梨開了花。
　　靠在窗沿看了一晌。

　　自上次從花蓮回來，來來回回進了幾次醫院，從阿茲海默到中風與更多的臟器併發症，讓舅舅們與家母無數次奔波，繞上了好幾圈的臺灣。那是一場無從勝利的生命拉鋸，捱過了年節，卻意外隕落在端午，那些恐懼與期待，都在今晨四點靜止了。

手機震動，稍來慰問的訊息。

「你還好嗎？」

我不知道。

把上次寫的字又翻出來看一次。每每看電影，戲裡都說，哭出來就會好一點。上次回來也哭得很慘，現在卻掉不出淚，掉不下任何情緒。

我現在，怎麼感覺不到感覺。

光河

其實很多時候，我並不完全肯定神的存在。

類似無神論，但又有點不同。於是在做七的過程，我常常彷彿以第三人稱的角度看待這些步驟。這些繁瑣、被冠上寓意，但不見得真正有意義的步驟。

例如好似折不完的、無盡的紙蓮花及元寶；要早起做法會，卻也要熬夜守靈，還有聽法師演講之類等等。近幾年工作忙碌，講究邏輯跟效率，但這兩者在這七天內幾乎不存在過。

題外話，第六晚時，法會的其中一個步驟是師姊帶著親屬繞靈堂跑，她邊跑會邊踢倒炭爐、摔破茶壺等，我則跟在隊伍後頭走。事後長輩問我為何沒跑，我說：我走一步的距離師姊要跑兩步，我跑起來是要把她撞飛出去嗎？（想讓師姊提早下班也不是這樣啊）

而跑完以後，師父披著袈裟，站在外婆的照片前、供桌後，面對著我們，按手印、揮舞各種法器、時而誦經，時而灑水，但看在我眼裡，莫名產生外婆在法師背後嘴角上揚的錯覺，畢竟從那個視角看下來，我們就像在演出一部荒謬劇。

話說回來，雖然我不信神，但我自己心中有一個「能量說」。怕被當神經病所以我鮮少提起這件事。很熟我的朋友知道，我不喜歡去大家所謂的「鬼屋」。我看不見，不是俗稱的陰陽眼。但是很多時候，我閉眼會感受到能量的流動。

　　我心中感受到的能量有不同顏色，去不妙的地方會感到不舒服，偶爾去廟裡拜拜，會有充分的正能量。你也可以說那就是我的信仰，偶爾也會遇到很豐沛且巨大的能量，但能量沒有名字跟形象，更像一種「氣」，所以我不會用神明去形容他。

　　今早五點起床，在海邊看完日出後，回到家裡準備重頭戲：外婆的圓滿七。最初聽到外婆離世，我整個人彷彿失去感覺，基於禮貌我安靜地配合每一個步驟。雖然有點過於麻痺，但還不至於像喪屍。我平靜過頭地度過這七天，但在家祭時，準備進行三跪九叩，一個眨眼的瞬間，我突然感受到一條巨大的光河，在我們膝下往前滔滔流動。

　　那個瞬間，我忽地大哭。

　　我覺得外婆要被接走了，我感覺她就要乘上那幅流動。那個當下，我紮實地感受到我要失去她了。我閉上眼，感覺光河的洶湧

與湍急，能量之大衝擊著我的觀感，磕頭痛哭。那是相當溫暖的能量，對外婆或許是種祝福，但在那個當下，「失去」在我心中擴散。這七天我麻痺的一切突然湧上來，我第一次感到惶恐。就像目送外婆搭上往遠洋的船，但心中知道她不會回來了。

磕完頭，走到棺木旁再看最後一次遺容，我仍抽泣著看著外婆。我終於感覺到她真的不在這了。繞棺一圈後，師父要我們回身，不能看。蓋棺。準備送去火葬場。

也許就是要透過一連串無意義的舉動，讓生者沒有時間處在那個當下：在鏡子前壓著牙膏看著自己、在紅燈下緊踩煞車望著遠方、在餐桌旁掉了筷子盯著地板……在那個定格的當下，陷入回憶，溼了眼眶。

讓生者透過這一連串，被冠上意義的無意義舉動，緩慢消化、接受生活的劇變，在每一個七同逝者道別、也切下自己的一部分，回歸生活的道路。

以此紀念，外婆與光的旅程。
我想妳。

Kord.

我們都長成了什麼樣的大人呢？

面對鏡子的時候，是喜歡，還是討厭的多呢？

當時正在處理麻煩的案子，一邊跟朋友們討論，清晨送進加護病房的你應該有穩定下來，再一回頭，得知你戴上光環，悄悄地飛走了。你媽媽沒有接電話，我們想，先給她一點空間吧。大家在群組裡敲著要去送你的時間，我也一邊不停歇地敲著鍵盤，工作像是永遠做不完似的，時間卻永遠這麼有限。再眨兩眼，下班的時間就到了。

我急著收拾東西，晚上約了人簽合約。捷運上，滑著臉書的動態，大家都很想你。而我呢，我想對你說什麼呢。其實，也就那句吧。八年來，當我在夜裡看見你的眼神。我遲遲未開口的那句。不要逞強吧。但我總想我可能不是那個能讓你放心打開心門的人，於是我一直收著，看著你累、看著你忙，看著你穿上的盔甲，一層，又一層。

我敲著手機上的字碼，寫下你。回想你，不讓女孩提重物，不讓同事扛屍缺，不讓我自己剝蝦，不讓酒醉的人自己回去，但也不讓人看過，你最脆弱的那一面。走出站，這時才終於襲上一股濃濃的哀傷，我分不清我難過的是自己，還是你留下的堅強。我一邊走，一邊咀嚼這遲來的難過，仰著頭走路，眼淚才不會掉下來。穿過熟悉的巷弄抵達門前，我喘了兩口氣，眼淚竟就收起來了。我看著玻璃透著我的臉，這十幾年的工作，都把我們磨成什麼樣子了呢。

　　我能說，能笑，能走路。好好的把合約處理完了。也吃了晚餐。

　　但我沒有覺得好多了。

　　我也想好好的哭，我也想大喊一句我恨你，所以我去了戲院、買了票，趕在最後一秒，搶看了《吃吃的愛》。原本以為，這只是《康熙來了》從影集拍到電影，好比《慾望城市》一般，但蔡康永始終是蔡康永。他在形塑上，降低了很多明確的形象，於是，我們都可以很輕易的把自己套進某個時節，或某個狀態，或是你某個品嘗到了的感受。

　　除了咬字上讓我很出戲外，整部電影我就是揪著看的，我不知道我是看見你了，還是看見自己呢。現實都把我們磨成了什麼模樣，而我們到底是長大了，或者只是老了。

「我好氣你，但是我也好想你。」

我終於哭了，終於把眼淚哭了出來。

我為什麼沒有抱你，我為什麼沒有對你說，我很想你，我為什麼沒有問，你到底是怎麼看我的呢？我們總是好理智，我們期待自己長成一個能被人放心的大人，我們相遇的那年，你做著店長的事，我當著編輯的職，那一年，我們都才剛成年，我們急著想當一個大人，而現在，我們長成了嗎，我們長成自己滿意的大人了嗎？

我明明難過著卻像是沒事一樣繼續工作沒有哭，你明明痛入骨了但是為了讓大家放心沒有哭，都這個時候了，都這個時候了。

電影最後做了一個很美的轉折，讓結尾收得漂亮又不濫情，夢變成一種很優雅的解讀。就像你，就像我們，虛實之間也不重要了，長成什麼樣子也都不重要了。人生讓我們彼此珍惜，最美的時刻我們能相遇，也許這樣就好了。

生命與起源是人類最大的命題，進化論是一種過程卻不一定就是定理，存在也不會只有一種方式。人們說，只要我們記得你，你就會繼續活著，不過，總有天我們也都會不在了，那我們的存在是否曾經存在呢，而你的離開，又會不會只是另一種存在罷了。

謝謝你，都這個時候了，還聽我語無倫次。

晚安。我們會想你，我們永遠都會在心裡給你留個位置。

4

錯過的時間與錯過的你

在名為人生的旅途
做個夢想的逃兵

CLINIC NOTES
OF
EMOTIONS

五年

今早，起床後，看著窗外呆了好久。

一切還是很平靜，沒有什麼天搖地動，只是眼見所及的那些生活的種種，都少了一半。

小時候在嘉義，有時要是閒晃看到小型的戲棚在演布袋戲，我就會跑去買兩杯涼的，在那棚子後面等著，等到戲演到一半，師傅就會把三尊人偶立在戲臺前，那是酬神的一個步驟，接著師傅會從戲臺後竄出來，對著我大呼一聲「夭壽噢！驚到我啊啦！」我們都叫她旭姊，我會賊笑賊笑地把其中一杯飲料遞給她，她則會轉身打開她自己準備的便當，問我要不要吃一點。

那個便當，裡頭的飯菜都是旭姊煮的，她男朋友也有一個。當時她二十九歲，想法卻很傳統，每次有人問她以後想做什麼，她就會羞羞地笑一下，操著她慣用的臺語說：「欲嫁乎阮男朋友啊。」所以她每天都幫她男友煮飯、帶便當，因為她說她媽媽教她，抓住男人就要先抓住他的胃。

一清早，妳就起來收拾，那些習慣，一件件被打包裝起。隔著一扇門，我望著天空停滯，妳蹲在地上裝箱，腦袋悄悄流過的不是過去，也沒有未來，只有一些扯人淚腺的細語。小時候，我們試著用很多詞去形容愛情，時至今日，你知道，那些都是，也都不是。所以很多時候，我不太喜歡別人輕易地評論我們之間的相處及感情。

　　十幾年前，那個衝動的年紀，交往總是兩個人對眼了就交往，吵架了就分開，每每聽到旭姊與男友交往那麼多年了，我總好奇問她，那到底什麼感覺啊。她會停下來，認真地想，臉上逐漸淡掉笑容，好一會兒以後才說：「啊，這歹講啦。」那個時候，大家有聽沒有懂，電影裡的天長地久那麼浪漫，怎麼搬到現實，卻是一句難講帶過。

　　現在想起，才體悟，那個難，不是講不講的問題。理不出來的，不是頭緒，而是整個前因後果，明明你身在其中，但卻好像沒有拉扯的能力，最後被拉扯的，竟變成自己。不至於碎成一地，但你也不知道自己算不算完整。醒來的這天，回想居然已經有五年那麼長了。我們在這段時間裡，都曾做錯些什麼，傷害了對方，卻也都付出了更多，只因為想看對方的笑容。

　　所以我介意那些簡短的結論，「她還是很愛你吧」、「你就是放不下她啊」，這五年，走著走著，多少的關心多少痛，彼此分享的

種種，去過幾個國家、到過多少海邊，也熟識對方的家人，互相照料，比習慣更習慣的生活，之間超過默契的了解，彷彿跟另一個自己共生，透過感情共存。雖然彼此溝通，也約定了新的方向，但這一切始終沒有這麼簡單，就像旭姊的那句老話。「感情行到這躴，卡複雜啦。歹講啦。」

剛交往的時候，妳喜歡拉著我坐著，想溝通我們對彼此的想法，討論我們最近發生的事。妳會吃醋我給誰寫了好長一段字，卻忘記剛認識時，我給彼此寫了好多故事。偶爾也會分配一些家事，或是說好下次要去吃些什麼。當時我們什麼都能說，而這段時間，好多話壓在心裡，我們卻什麼都沒說。我不敢問妳為什麼不對我說話。因為我知道，我們都說不出口。

妳說不要送妳去機場，於是我只送妳上車。當初我說妳怎麼都不為自己的生活著想，現在妳腳一蹬就直接飛天了。還是我當初認識的那個妳，那就好了。雖然最後的海邊沒能去成，但還好有帶妳去吃想吃的那間餐廳。看著載妳的車逐漸消失，我低頭在對話框裡寫了些什麼，又一股腦地全部刪掉。

離開嘉義的那一年，旭姊的男朋友被家裡逼著相親，跟她分手了，那段時間旭姊總是哭得聲嘶力竭，跟她操戲偶時一樣宏亮，但

那一顆顆眼淚，都不是演的。她哭著說，「我聽人說，你若跟你的牽手做夥多久，你丟愛用雙倍的時間去復原。啊我愛伊愛那麼久，復原欸日子駕理長，我這世人甘等欸丟。」她講到這，我們再沒人能安慰她，因為我們沒有人知道，那麼長的時間是什麼感受。

　　事後旭姊換了手機，我們就沒再看過她了，我不知道她等到了沒有，所以我也不知道，我們得等多久。但妳說我們沒事，我想就沒事吧。在這以後，還是朋友。剩下的，也許等妳哪天回來，我們再說。

　　順風，平安。希望妳的新生活，一切都好。

頸後

還不懂愛，我們就著急地想試著去愛。

從暗戀同學開始，到第一次遞出情書。

我們閱讀著愛情故事，對愛情充滿想像。而後，頭一次撕心裂肺的哭泣，隔天，突然對世界頓悟了一點什麼，抬頭仰望，在心中環抱著一夜長大的自己。

以為自己理解了什麼是愛，卻更不懂怎麼去愛。

合合分分，害怕再去傷害誰。要自己學著，不再因為陌生而交往、因為熟悉而分手，開始討論、開始溝通，更多的理智，更多的體貼，你知道什麼樣的眼神是明確的暗示，也知道什麼樣的對象更加適合自己。你變得有禮貌，你變得更好，你的朋友都覺得你這次的對象真好。你也發現，你似乎變得不像自己，你開始懷疑這樣的愛情是不是真正的愛情。

也許是帶著過往的教訓，那一段五年的感情裡，我們都顯得獨立。偶爾，相處的過程，甚至理智地令外人感到不解。直至分開，

我們也是好好地談，輕輕地送別。

　　近日，天氣悶得難受，便索性拿起電剪把側邊的頭髮都修短。
　　想起妳蓄髮的那段日子，總在深夜待我下班，拿著電剪，要我
幫妳修整髮際邊的細髮。而我，總是從沙發上撐起自己工作後的疲
憊身軀，面無表情地替妳仔細拿捏那頸後的圓。原來，經歷無數次
來來去去以後，我們以為自己更懂怎麼去愛，卻仍差了一段。我們
對彼此的依賴，是那般淺深，禮貌得讓我感到一絲淡淡的遺憾，忍
不住問，自己是否少為妳做了什麼，就這麼讓妳一個人去了遠方，
獨自承擔苦澀的未來。

　　撥掉身上的髮，想著，每每在我轉身之後，妳獨自在浴室裡洗
去髮屑時，心裡會想著什麼。
　　也想著，為何我總沒有，在接過妳手中的電剪時，笑著說好。

　　但願我們，都各自成長了些什麼。

米花

　　就像很多情歌唱的那樣，感情，總是逼著人長大。

　　可惜的是，成長只能對未來避險，對已經存在的過錯，卻沒有彌補缺憾的可能。

　　如果聊起「誰年輕時沒愛過幾個爛人」這種話題，米花可能會第一個想起我吧；也可能她一點都不想想起我。

　　米花是我第一個、也是最後一個遠距離戀愛的對象。

　　那已經是十幾年前的事了，當時我還是學生，暑假在圖書館當志工的時候。

　　我跟米花透過網路認識，聊了一段時間，她傳簡訊問我想不想跟她交往。當時我興高采烈地在還書櫃檯邊把簡訊拿給同事們看，我一遍又一遍敘述米花有多可愛，同事們總是不感興趣地揮揮手說他們聽膩了，要我趕快把米花帶給他們看比較實際。每到這個時刻，我就會沉默，因為米花是高雄人。當時，她考上了南投的大

學，暑假一結束，就會搬到山裡的宿舍。當時我還在臺南與家人同住，我們都明白，往後的時間要見面是更加困難了。

暑假結束前，米花搭車到臺南找我，當時去過哪些地方記不得了，但我帶她見了許多朋友，一起聊天、一起玩，在暗處時，害羞的我們才敢悄悄地牽著手，對當時的我來說，已是最浪漫的事了。趕在最後一班火車開走前，我騎腳踏車把米花送到火車站，買了一張月臺票，依依不捨地將她送上火車。我記得，當車一開動，我就忍不住哭了，米花撥了我的手機，隔著車窗，她問我不要哭了好不好，不然她也會想哭。

我說好，但視線卻越來越模糊——電話裡，我們都哭得不成聲，直到火車開遠。

當時的手機費率還很貴，米花總是準時在晚上九點到宿舍樓下用公共電話打給我。在八點檔還沒有唱完片尾曲時，我就會躲到房間裡，悄悄地跟米花聊天。有時她的同學會在一旁鬧她，大喊米花沒穿褲子，她會用害羞的聲音說：「走開啦！」每每聽到她的聲音總是很開心，多少減緩了一點不能見面的難受。兩個月後，她把每天省吃儉用存下的餐錢拿去買了車票，到臺南來找我，這次，我沒有再帶她見誰，只想把她的時間都霸占。但沒幾個鐘頭，我就被門禁電話催著回家，直到第二天早上，我才又到她寄宿的旅社找她。

老實說，那旅社老舊極了，從走道到房間，都瀰漫著陳舊地毯

的霉味。床邊雖然有窗，卻透不進光，簡單點說，十足像是鬼片會出現的場景。我可以感覺到她前一晚並沒睡好，一個人待在這樣的房間裡，一定很害怕吧。但直到後來，每每來找我，米花總是選擇那間旅社，因為那間旅社最便宜，要是選擇其他間，她就不夠錢買車票了。

「禮物唷，謝謝你願意跟我交往。」米花撇開了旅社的話題，從旁邊拿出了一個大盒子。

從提袋到禮盒，以及裡頭的禮物，都是我跟米花喜歡的藍色，想必是她特地選的。裡頭是她自己手織的圍巾。摸著那柔軟的質感，我又哭了。那是我頭一次收到這麼用心的禮物。我真的好喜歡米花，我能感覺她對我更加用心了。米花伸手擦了擦我的臉，要我別再哭了，不然她也又要哭了。我一邊哭一邊笑，那扭曲的臉一定很好笑。「對嘛，再笑開一點，我喜歡看你笑。」再多笑一點、再笑開一點。米花要求著。直到我笑到最開，她說就是這樣，我喜歡你這個表情。我擦了擦淚，笑說看起來一定很醜。我可以想像自己當時笑起來的模樣。

她拿出了準備好的相機，想跟我拍照留念，當時我們都沒什麼概念，在那個暗暗的房間裡，打下閃光燈之後留下的模樣實在嚇人。在數位相機未流行的年代，那是我當時唯一留下的照片。也是我跟米花交往的時間裡，她占據了我許多第一次的其中一件事。在

米花離開前，我答應米花下次也要到南投去找她。於是我開始打工存錢，直到約好的那天。我手裡捏著米花寫給我的紙條。遵循著指令，先搭火車到臺中車站，再步行一段路，到客運站轉乘上山。到南投之後，米花說會來接我，再帶我搭校車到她們學校去。

那是我第一次自己搭這麼多車，沿途都覺得很慚愧，想著米花每次來找我，也都是這麼大費周章，難怪她總是清晨就出發，回程則是傍晚就得離開，不然會沒有車回宿舍。雖然終於見到了，但米花卻不太開心。「本來室友都說不會回來的……」沒有地方獨處了，我們只得四處散步，參觀著好山好水的校園風景。遲鈍的我，隔了許久才知道，這根本不是她生氣的真正理由。

在我打工存錢的那幾個月裡，我認識了婷婷。起初她只是下班會繞過來買東西吃而已，當我們認識以後，她就時常出現在我的生活裡，甚至在中午時會幫我準備便當。雖然只要出門，我跟婷婷幾乎是出雙入對的，朋友們都看在眼裡。但婷婷知道我跟米花交往，所以我們從來沒有任何更進一步的發展。當時還小，不懂什麼叫避嫌，也不懂得，倘若我不曾打算要與她交往，便應該要拒絕婷婷的好。但最後這件事，仍就這麼發酵了。

最後一次見到米花，是我們約好去遊樂園玩的日子。出發前，

我仔細檢查背包裡要帶的東西，偷偷把哥哥的隨身聽帶走，把裡頭的ＣＤ換成米花最喜歡的燕姿。我一直記得，那張專輯是《未完成》。那天從見面，到整個遊玩的過程裡，我都沒發現她表情的異樣，直到要搭車時，她對我的態度突然降到了冰點。我不知道發生什麼事，更不知道該從何道歉，只怯怯地把一邊的耳機放到她的右耳。她生氣地拍掉我的手，我才問她怎麼了。

「沒有電了，聲音都變了，我不要聽。」

現在想想，就跟我們當時的感情沒兩樣。電池電力不夠，轉速出錯，耳機傳出來的聲音時好時壞，早已不是原本的旋律，音調與節拍，都出了錯。急著愛，卻不懂愛的我們也是一樣。沒有足夠的感情可以灌注在這段關係裡，呈現出來的，早就都變了模樣，只剩我還把那樣變調的聲音當成一首歌。

在火車站的月臺長凳上，我們倆陷入沉默。沒有新的電池可以替換。我們之間，也找不到話題繼續。

那一晚到家後，米花在電話裡說要跟我分手。

無論我怎麼求、怎麼道歉，米花的聲音都很冷淡而堅決。

最戲劇化的是，好巧不巧，重新接上電線的隨身聽，剛好播到了專輯的第二首〈我不難過〉。旋律一流出，我就哭了，超級悽慘的哭。

『我真的懂　你不是喜新厭舊　是我沒有　陪在你身邊當你寂寞時候』

「不要哭，有什麼好哭的。這首歌我很熟了，不用特地放。」米花的聲音，冷冷地從話筒傳來。

也許是哭過頭了，家人敲了我的房門，問我到底在做什麼，我才不得已把電話掛了。那天之後，過了幾個月行屍走肉的生活，才回到原本的模樣。

隔一年，在跟朋友唱歌的時候，他們不小心說溜了嘴。米花要跟我分手之前，來過臺南一趟。把她也當成朋友的人，個別見了一次，也向他們說了準備分手的事，並要求他們保密。雖然分手是我自己的問題，但我仍大發了一場脾氣後離開包廂。尤其是阿男，當時我對阿男很不諒解，但阿男只說，他真的沒辦法。

米花就這麼消失在我的生活裡很長一段時間。

因為她的生日很好記，前幾年我都還是會傳訊息祝她生日快樂，但她從來不曾有過任何回應。

直到我搬上臺北，在路上遇到她，她卻一怔之後，迅速離開我的視線當中。

那一天，各種回憶浮上來，但可能只剩我自己在耽溺吧。

偶爾會想，米花會不會覺得很煩。老實說，我們巧遇的次數算挺多次的。不過，一貫的，她總是迅速避開我的眼神，裝作沒看到，然後消失。每一次都是。直到某次，我們在夜店裡巧遇。不知道是不是喝多了，怕尷尬的我，居然直接向她搭話了。我問她為什麼總是要裝作看不見我，她說她沒有。我問她能不能再跟我當朋友，她笑著說好啊。想想自己也太天真了。那天我興高采烈地送出了好友申請，但她從未同意過我的好友申請，也不曾回過我訊息。

那一天，就真的是我們最後一次說話了。

在我糾結著她不回我訊息的某一晚，轉頭看著床上的熊。那是在我們交往時，她送給我的生日禮物。那隻熊只比她矮兩個頭。那一天，她卻從臺中抱著它上火車。為了給我驚喜，又從車站走到我家，當下我的確被嚇得說不出話來，感動不已。只因為她知道我們家沒有過節、慶生的習慣，所以我沒有過過像樣的生日，便給我準備了那麼震撼的大禮。

我順著娃娃身上的毛，心想，她當時對我多好，就有多受傷吧。

如果我真的還在意，能做的，反而應該是順著她的意願，不打擾她。

　　而後，我們還是時常在路上巧遇，或是在共同朋友的照片裡看到她。我總還是會心頭一揪。但我會要自己也當作沒有看見她，別讓她為難，只為了避開我，而改變自己的行程。雖然有時候我也會問自己，我是真的想跟她當朋友，還是希望她原諒我呢？但我根本答不出來。朋友也問過我，若真的有機會，我還想跟她講什麼？

　　其實我應該也沒什麼能說，都十幾年了，她也換成不同以往的俐落造型，有了自己的生活圈，想必也沒有能交集的話題。頂多，也許，很尷尬地問她最近過得好嗎，我希望她過得很好，最多，可能會跟她說，我還留著喔──

　　妳送給我的圍巾，還有熊。這十幾年來，我都留著。

死亡

　　當她從冰櫃抽屜裡被拉出來時，一切完好地像是什麼都沒發生一般。

　　那是我第一次接觸死亡這件事。我本來以為我不會掉眼淚的。

　　一直以來都是這樣。早上獨自醒來，出門前抽出電話底下壓著的兩張五十元鈔票，一張買早餐，一張買晚餐。爸媽因為工作的關係早出晚歸，姊姊也在外地唸護校。不大不小的三房兩廳，有其他人的痕跡，但總是只有我自己。

　　可能是太習慣了，久而久之，去到學校我也很少跟別人說話。沒有人需要相處，我也就沒什麼情緒起伏，每天平靜地過完一天又一天的日子。

　　幾年之後，輪到我抵達離家的年紀。跟隨著姊姊的腳步到了臺北，但因為學校位置的關係，我並沒有搬去與姊姊同住，而是跟

一群不認識的同學們租了房子。大家朝夕相處很快就混熟了，我也逐漸淡忘了獨自生活的感覺。原來，有人還沒回來，跟不會有人回來，感覺差這麼多。

很快的，習慣了臺北的生活，也開始發現不同的興趣。某次，我在二手書的交換網上認識了陽陽。陽陽很特別，甫第一眼，雖然說不上原因，但總覺得這個人散發出的感覺不一樣。生活自由自在、談吐有物的她，身上香香的，整個人散發一種獨特的氣質。每次碰面總想再多跟她聊上兩句，沒想到，這個小小的願望會有實現的機會。

某天晚餐，陽陽本來要拿一本書借給我，但因為聊太晚了，回程可能會搭不到轉車的捷運，我苦惱地打開錢包，盤算著夠不夠搭計程車回去時，陽陽說，不然就先在我家住一晚吧。

散步了一小段路，她領著我走進一棟大樓，才剛進門，沒開過眼界的我，愣了一會。雖然是租的，但整間屋子乾淨整潔又美輪美奐，客廳的沙發看起來也相當舒服，昏黃的燈光讓一切都變得更浪漫了一點，跟陽陽充滿貴氣的外型一樣。走進房裡，書架上滿是村上春樹、吉本芭娜娜、宮部美幸等人的書。而夾在其中，一本一直留在我腦海裡的書，是《自殺的權利》。

當時文青一詞還未成為流行語，陽陽大抵符合了那樣的模樣，靈氣迸發的氣質令初來臺北的我暈頭轉向。在她沒有同意也不曾反對的回應下，自那次起，三不五時我就往她家跑，從書櫃上挑兩三本感興趣的書拿下，爬上她披掛外套的上鋪，邊看著書，邊跟她有一搭沒一搭地聊。通常，上班上課一整天的我，都會自己先睡著。只有少數幾次，陽陽會先說她要睡了。像是儀式一般，她會坐在書桌前，一個接一個打開不同材質的罐子，個別倒出不同顏色、不同數量的藥丸，盡數吞下後，才鑽入下鋪，熄燈入睡。

　　「這些是憂鬱症的藥。」我趴在上鋪，雙手交錯撐著下巴，看著陽陽睡前的儀式。她轉頭來，看著我說。

　　「那些呢？」我指向一整罐黑色的小球。

　　「中藥，我爸給我的。」

　　她開始一一介紹桌上的瓶瓶罐罐，同時一邊倒出瓶身上記載的，藥丸的數量。

　　「吃這麼多不煩嗎？」看著她吞下一把一把的藥，那數量真的不可思議。

　　「有過。」她轉過頭來看我。

　　又轉回去。

　　「有次覺得很煩，我就把這些藥全都一起吃掉了。」

「咦？」我愣了一會兒，「全部嗎？」

「嗯，全部。」

「然後呢？」我不太確定該怎麼回應。

「沒事，睡了兩天。」

「喔⋯⋯」我鬆了一口氣。

「好可惜呢。」

「咦？」

那時我十七歲，第一次認識像她這樣的人。

她的煩惱與思維，都距離我好遠好遠。

她們家境很好，所以她時而工作，時而休息。就算做，其實也都只是做興趣的。父親雖然生氣，同時也擔心她，偶爾會打電話來發牢騷，但大多時候應該只希望她過得好就好，除了中藥一定得按時吃，其他很少勉強她什麼。高額的房租想必也是她父親在支付的。這間房子裡，另外還有兩個室友住在不同房間。在她隔壁房的，是她的前任。雖然分手很久了，但因各自習慣了這裡的生活環境，相安無事的情況下，也就沒人考慮過搬家的事。

「生日快樂！」

在一個圓桌上，大家站起來舉杯。說來尷尬。陽陽的朋友，我一個也不認識。但她說今天她生日，要我陪她一起來吃飯，我便來了。直到主菜吃完，進入甜點時，其中一位朋友突然問起：「所以她到底是誰啊？」

「我女朋友啊，廢話。」

「咦？」

陽陽理所當然地說完，就又跟誰乾杯去了。留下一臉錯愕的我。

錯愕又有點高興的我。

「回家小心喔。」陽陽的朋友們笑著說。

我扛著陽陽上計程車，雖然她只比我重一些，但我第一次體會到，原來扛一個走不動的人這麼不容易。車門一關上，轉頭看著她朋友們的笑容，莫名有種如釋重負的感覺。應該是我想太多吧。反正當時浸在戀愛的粉紅泡泡裡，也不覺得辛苦。而陽陽抓著一瓶半空的紅酒，睡在一旁。

我酒量不好，路程上也是醒醒睡睡，在某個路口時，計程車為了閃一輛車，整輛車左右用力地晃了一下，我跟陽陽都被嚇醒，司機解釋完後，說了聲不好意思，陽陽罵了一句三字經，搖下車窗就把酒瓶往那輛車的方向丟。磅鏗一聲，摔在柏油路上的酒瓶，應聲

碎開。

「咦？」

司機從後照鏡看了陽陽一眼，說這樣不太好吧。我也一直拉著陽陽的手，要她不要這樣，一手按著她，一手把車窗搖起來。我們就這麼拉拉扯扯地到了她家樓下。一進家門，陽陽又開始大罵，說房東要來修某個開關都沒來，要打電話給房東。這麼晚了打電話不好吧？我說。陽陽回了一串我聽不懂的話，把我推進房間，甩了兩本書在我身上，就又出去客廳講電話了。

事後，不知發生什麼事，陽陽開始拍前任的門，對著她大吼大叫，我在房間裡，聽不清楚她們吵了什麼，只知道後來前任生氣地摔上門之後，就沒再回應過她了。而她，在四處吼叫後突然衝進房間，對著隔壁大喊：好啊，妳就希望我去死嘛，我死給妳看啊！好像我不存在似的，她逕自打開門走出陽臺，再打開陽臺的窗。

「咦？」

直覺不對，我一個箭步上前，陽陽已爬上窗框，我還來不及抱她下來，她整個人已經掛在窗外，我吃力地用雙手抓住她的右手。

她的表情，像是突然發現了什麼一般，左看右看了我幾眼，開始扭動自己的手腕，想掙脫我的雙手。妳就放開吧，沒有人會難過的。她說。

「我會啊！妳不要鬧了啦！」我當下急得慌，但其實也拉不太動她，一慌張起來，手汗狂冒，就又更抓不住，掙扎著但無助到不知如何是好。

陽陽房間的陽臺跟前任的房間陽臺，中間隔著一道上鎖的門，我用腳踹著那道門，大喊著：出來幫忙好嗎，拜託妳。前任從房間走出陽臺大罵：吵什麼啦！打開窗戶往外探才發現陽陽掛在窗外，驚叫一聲又跑回房間，從客廳繞了進來。

「妳有什麼事啦！」在我跟前任兩個人一把一把將陽陽拉了進來，我們跌坐在地上，前任一邊大吼，一邊哭了出來。

「為什麼要阻止我去死！」陽陽也反過來大吼。

與此同時，相當戲劇化的，門鈴響了。

陽陽神情一換，說房東來了。前任奪門而出，跑回房間。我跟著起身，想阻止陽陽，但陽陽壓著我的手說，我好了，沒事了。那瞬間，我發現她的眼神的確不同了。她把我推到床邊坐下，走出房間並關上門。直到我聽到她與房東對話的聲音，我才砰的一聲倒在床上，當時我覺得全身的力氣都耗盡了。

我宛如空殼般望著天花板，感受自己空乏的身體，連試著動一動小指，都沒有感覺，我沒有一絲力氣，發不出一點聲音，只剩思緒飛快地跑動著，持續地在腦中發問著，剛剛發生了什麼？剛剛發生什麼事了？

　　手機鈴聲響著。

　　不知道什麼時候睡著的，天已經亮了。坐起身，環顧空無一人的房間。我還是處於一個空乏的狀態，緩慢地刷牙、洗臉，穿好衣服，準備去搭車上班時，才發現陽陽躺在沙發上睡了。前任的鞋子不在，應該也出門上班了。一切和平地不可思議。但回想起昨晚的窗，驚恐感依舊令我指尖發麻。

　　穿上鞋，悄悄地關上大門，搭上捷運回到自己家，熟悉的環境才突然把我拉進現實。

　　那天之後，我沒有再煩著陽陽。

　　她也沒有再與我聯繫。

　　但每晚睡前，我總又想起那天的事，想著若再發生了，我該怎麼做？

　　遇上這樣需要幫忙的朋友時，我該怎麼做？

　　直到一個寒暑過去，某個週末，我突然接到小森的電話。她問

我是不是認識陽陽。

「認識，怎麼了？」
「那妳現在要不要來殯儀館一趟，我們要去看她。」
「咦？」

我趕著車，抵達之後，小森跟其他五個朋友在那裡等著。

踩著緩慢的步伐，我不知道這時候應該做些什麼，我不知道該要有什麼反應。小森抓著我的手，沒說什麼。帶著我跟其他朋友，一起往裡走。

今天，是陽陽的生日。

打開門，散出一陣寒氣，跨過那檻，門裡的牆，布滿了行列對準的方框，每個方框上，都鑲著一只把手。工作人員推著一把輪梯，走在我們前方。踩下輪梯上的固定閥，工作人員踩上階梯，拉著一旁的把手，將冰櫃往外拉出來。轉過頭向下看著我們。「可以看了，今天熱，不要看太久。」說完便離開了。

原本是約了唱歌的。陽陽的朋友們，約好要幫她慶生。大家

要一塊兒跨過十二點，為她點蠟燭，幫她唱生日歌。原本是這樣約定的。但包廂時間已過了一半，陽陽卻遲遲沒有出現，甚至不回訊息，大家才感受到不對勁。等到發現時，一切已經來不及了。

「換妳了。」小森推著我。在前一個人從樓梯上下來時。
「……」我不敢，我不知道要怎麼面對她。
「快啦，不能拖太久，妳忘了嗎？」小森又再推了我一把。
我搓揉著雙手，緩緩踩上階梯。

書桌上，那一整排的藥罐，她全吃完了。在前一晚。
她穿著整齊，衣服上的花，生動綻放，圓潤的臉旁兩側，耳環映著光線，閃著金光。完全是正要出門的模樣。只是，看起來就像是睡著了而已。若不是鼻頭上結著一小塊霜，我險些就要伸手搖醒她，要她不要鬧了，別開玩笑了。
快起來啊，今天是妳生日。

而後的細節我已記不太清了，那天，我並沒有哭，只因為酷熱的天氣流了滿身汗。隨後，在斷斷續續的聯絡裡，以及幾位有心人的安排之下，我沒有收到告別式的時間地點，錯過了與她告別的機會。直到隔年才打聽到她的塔位，騎了許久的車，到了清幽的半山

腰，循著編號，費了許久才找到她長眠的位置，找到收容她在這個世界最後的紀錄，那一個收納她，卻不會再賦予她痛苦的方格。

我把我一起參與的詩集，放在她的照片旁邊。
「其實我好像沒有像妳一樣那麼喜歡看書。」
那照片，笑得多好看。
「但，我也開始學著寫字了喔。」
我對她硬擠了一個微笑，笑著，笑著，然後我終於哭了。

這是我第一次，對著她哭。

那天晚上發生了什麼事呢？
姊姊說，只吞藥應該是不至於送命的。
朋友說，如果她不想去參加那場生日會，為什麼穿著如此整齊呢？

聽說，她離開前，寫了許多封信，署名留給許多在意的人。
「妳會恨我嗎？」
當時的我，不夠堅強，不夠冷靜，不夠肩膀承載妳的情緒。
「還是妳根本，早就忘了我呢。」

我跪倒在那個小格子前，哭得不能自已。

不會再有人回答我了，關於她的一切，許多的問題我都不會再得到答案。

那是我的十八歲。

我第一次，接觸到死亡這件事。

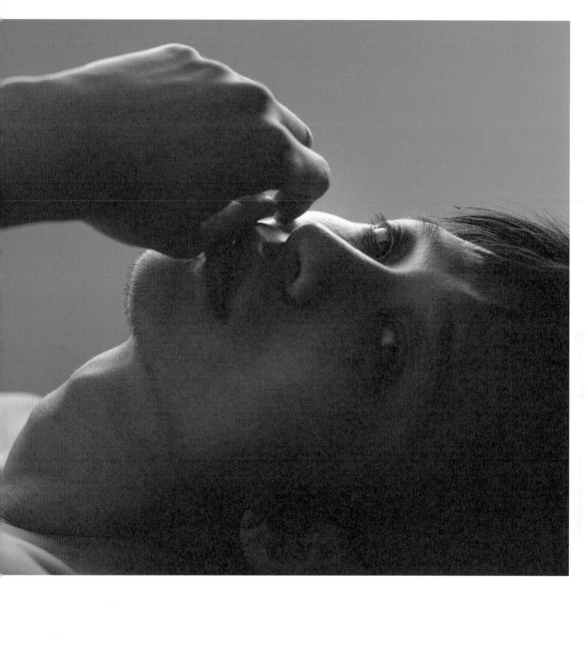

小愛

有時我會想，我人生裡能有的瘋狂，有那麼一大半，都是給了
他吧。

那段時間，每當我們起床，就是我們兩人冒險的開始。

如果不是他，我不會嘗試這麼多事情。想像過那麼多想做的
事，但，那都只是想，而他，卻數次牽著我的手，不等改天，催下
油門，當下我們就去做。

他在我生命中，占著無法被取代的一個位置。

每天早上，當他揉著他欲張開卻瞇起的雙眼，緩緩起身，坐
在床沿，雙臂搭著窗戶，打開菸盒，點燃他習慣的藍色 Dunhill。
我的身體不好，尤其早上起床，特別虛弱，所以總是被他的煙味燻
到、嗆醒，我會憤怒地捶他一拳。即便我早就習慣那個味道了。其
實我也說過一百次了，要他不要在床上抽菸。但他總是會假裝很痛
地揉著被我捶上的後腰，笑笑地轉過來，抱我一下，在我額頭上留

下一吻，然後走進浴室盥洗。

習慣穿著白色背心的他，剃了一頭短髮，每次出現，都騎著一臺舊舊的 Kawasaki，被超車的話，會罵很多髒話。他有一雙細細的眼睛，稍微粗糙的嗓音，不是很高，中等的身形卻有著很大的力氣，待在他旁邊，多少都有點安全感。我的朋友總說，我跟一個粗工在交往。但其實他心很細的──那是我心中的祕密。

只要我想看的電影，他都會陪著我去。不管是院線上映的爽片，或是二輪戲院裡悶片，《珈琲時光》、《芝加哥》、《千年女優》、《托斯卡尼豔陽下》、《東尼瀧谷》、《革命前夕的摩托車日記》、《無人知曉的夏日清晨》、《壞教慾》……其實偶爾我也會想，他是真的有興趣嗎？不管是哪一部電影，他從來不曾拒絕過我，只要我說想看，他就帶著我去看。每次看完，也都會很認真地，與我討論劇情或是一些細節；說真的，哪怕劇情再悶，他一次都沒有睡著過。

不看電影的時候，我們會去電動遊戲場打電動，可能是格鬥天王，也可能是雪人兄弟，但我只有在打磁浮飛盤的時候有機會贏他。偶爾，會去打擊練習場，亂揮一整個晚上的球棒，我會拿相機拍下他揮棒落空、歪著屁股的樣子笑他。

「你覺得我們以後的生活，會是什麼樣子啊？」休息時喝著可樂，我問。

可能養隻狗吧。他說。然後呢？然後牽著牠，帶你去散步。喂喂，你是不是講反了啊。我揍了他一拳。

有天晚上，睡前他突然想起某一個報告還沒交，當時我的宿舍在臺中，他的宿舍在彰化，大半夜的，沒想太多，就騎著車，往省道奔去。才出發沒多遠，突然雷聲大作，下起一陣又急又洶湧的大雨。

「叭──叭──」一臺大型的連結車從左後方靠近，他稍微擺動龍頭，向右偏些，讓出一道安全的距離。連結車加速超車我們，卻濺起了意想不到的、比人還高的水花。潑打在身上跟臉上，都痛得不像話。「幹拎娘咧！」像一隻淋溼的大狗般，他甩了甩頭，對著連結車大罵。「幹──」我緊抱著他的腰，也試著吼了一句。在喧譁的大雨中，耳邊吵雜的雨聲，像是將我們與這個世界隔絕開來，我們旁若無人地罵著髒話，大吼大叫，簡直年輕得不像話。

「喂，我聽說豐原的燈會延期了。」怎麼可能啊，我說。「真的，我朋友跟我講的。」他肯定著。我們就騎著車往豐原去了。那消息真是不知道哪來的，根本就沒有啊。我撥弄著他的頭髮笑他。他邊生氣，拉著我的手，竄進廟街裡。「我要把這一趟白跑的路吃

回來！」他說。講什麼東西啦。我邊被拉著走，大笑著。

「欸～我想看這個啦。」某個夏天，我在破報上看到沙鹿的區公所要播放《藍蝶飛舞》跟《放牛班的春天》。走啊，他說。明明是熱到柏油路都在發燙的天氣，而且他最怕熱了，但還是頂著大太陽，一路載著我飛馳。當時還沒有智慧型手機，安全帽底下熱烘烘的腦袋，根本已不記得出門前看好的路線，區公所在哪，我們根本找不著。越找越生氣，兩個人都快要吵起來。他停下車，轉頭瞪我，準備對著我破口大罵時，定神一看——「幹！就在那邊啦！」

原以為這種活動應該沒什麼人吧。沒想到整個播映室大爆滿，早就沒有座位了。我還在想，啊，真像個笨蛋，大老遠跑來，搞得自己一身狼狽，卻看不成電影。他卻突然拉著我的手，走到前方的階梯上，跟一群孩子擠在一塊坐，把《放牛班的春天》看完。

如果說，人一生中的快樂、幸福、衝動與瘋狂，都是有限度的。那我想，我這輩子可能有一半的瘋狂，都花在他身上、花在與他相戀相愛的日子上了。

也許對某些人而言，這些都是小事。但對我來說，那是我最快樂的一段時光。每天早上起床，我就期待著，今天我們又會到哪裡

去冒險，或是會去吃什麼好吃的東西。我們不常埋怨彼此，雖然時常互毆。但是在玩、還是在打架，總是我們自己才會知道。然而，即便再開心，這段日子也在我搬離臺中之後，硬生生地被掰斷了。

「我會去找你的。」

我們原本一起報考臺北的學校，但他落榜了。

他把我的行李一件件扛上車。先帶上比較重要的行李搬上臺北，剩下的，則是先寄放在他臺中老家。他這麼規劃著。現在回想，從他握上方向盤那天起，我便不曾再坐過他的檔車了。像是被催著長大一樣。我們在車上聊著沒變的話題，卻看著熟悉的場景一直被刷往後，天空的顏色不斷變換，直到我們抵達臺北，抵達他找好的新住處，已是晚上。

是新生活的錯嗎，還是無法面對面說話的關係呢。

新家的房間大小，不及臺中宿舍的一半，打開房門，我就得直接往床上踩。踩上我們從臺中搬上來的雙人床墊，它占掉了大部分的房間空間。他曾問過我，要不要換成單人床，這樣房間就能多點空間。但我不想。因為那空著一半的雙人床，是要等著他來的位置。床之外的空間，是一張放著電腦的小矮桌、衣櫃，還有從家樂

福搬回來、一個三格一個四格的組合櫃。我把組合櫃橫倒著，放在窗邊，緊鄰著床，像是個床頭櫃。我總是縮在櫃子上坐著，在睡前，看著窗外，打電話給他。但在電話裡的他，總是聊不起來，兩三句，便想掛掉電話。直到週末他會來臺北見我，才能與他多聊上兩句。

這樣的生活，結局並不難預見。

雖然週末難得見到面了，出門可以不愉快、吃飯可以不愉快，回到我狹窄的房間，他更不愉快。每每吵架，他總是會抱著哭泣的我，深深的道歉。但當吵架的次數，越來越多，擁抱的次數則越來越少。這段關係已不再是一段關係。他不再打給我，也不願意接我的電話，我已經不知道我們是什麼關係。

「喂？」
「欸他要我打給你，跟你說你的東西在樓下……」

突如其來的，那天小樂打電話給我。當我突然聽懂那是什麼意思，我起身跑出房間下樓，管理室旁堆了好幾個箱子，上頭還有我認識他以前，抱著才能入睡的熊娃娃。那些都是之前堆在他家、還沒搬上來的東西。

我跑了過去，無法顧念那些堆疊起來的行李，我跑出社區，試

209

圖想追上他的車，但大馬路上，車來車往，想必他是已離開許久，才撥了電話的吧。我走回社區，將箱子一箱一箱推進大樓，再堆到電梯裡，直到最後的檯燈，跟那隻熊。我抱著它，走進電梯。在門關上時，不知道為什麼，一陣失力，像是心裡有什麼東西終於崩塌、垮了下來。我開始大哭了起來。我把臉埋在熊布偶的絨毛裡，再也忍不住那股濃濃的哀傷。

也許是在臺北生活真的不容易，雖然我難過了很久，但每天該做的事，仍然推著我前進。聽見捷運裡的嗶嗶聲，行屍走肉的我，還是會跑起來。這樣日復一日地，一轉眼，那麼多年就過去了。我畢業了，不小心走進了媒體圈，也許是運氣，也許是開啟了意外的天分，換過幾次公司之後，我已經是可以自己跑新聞的財經記者了。

這幾年，中國有了許多新發展，我才剛寫完寧波港口高速成長的報導，這個月，因為即將舉辦的世界博覽會和一些其他的機會，我被分配到上海出差。出發前，曾聽聞他也在中國工作。其實這幾年，因為臉書開始在臺灣流行，在幾度朋友的轉連之下，我也跟他接上了聯繫。但他訊息回得不多，我們也就不常對話。

先到香港轉機，抵達上海已經是晚上了。我拖著行李箱，搭著巴士進了市區，再換搭計程車到公司幫我租屋的小區。外派的同事

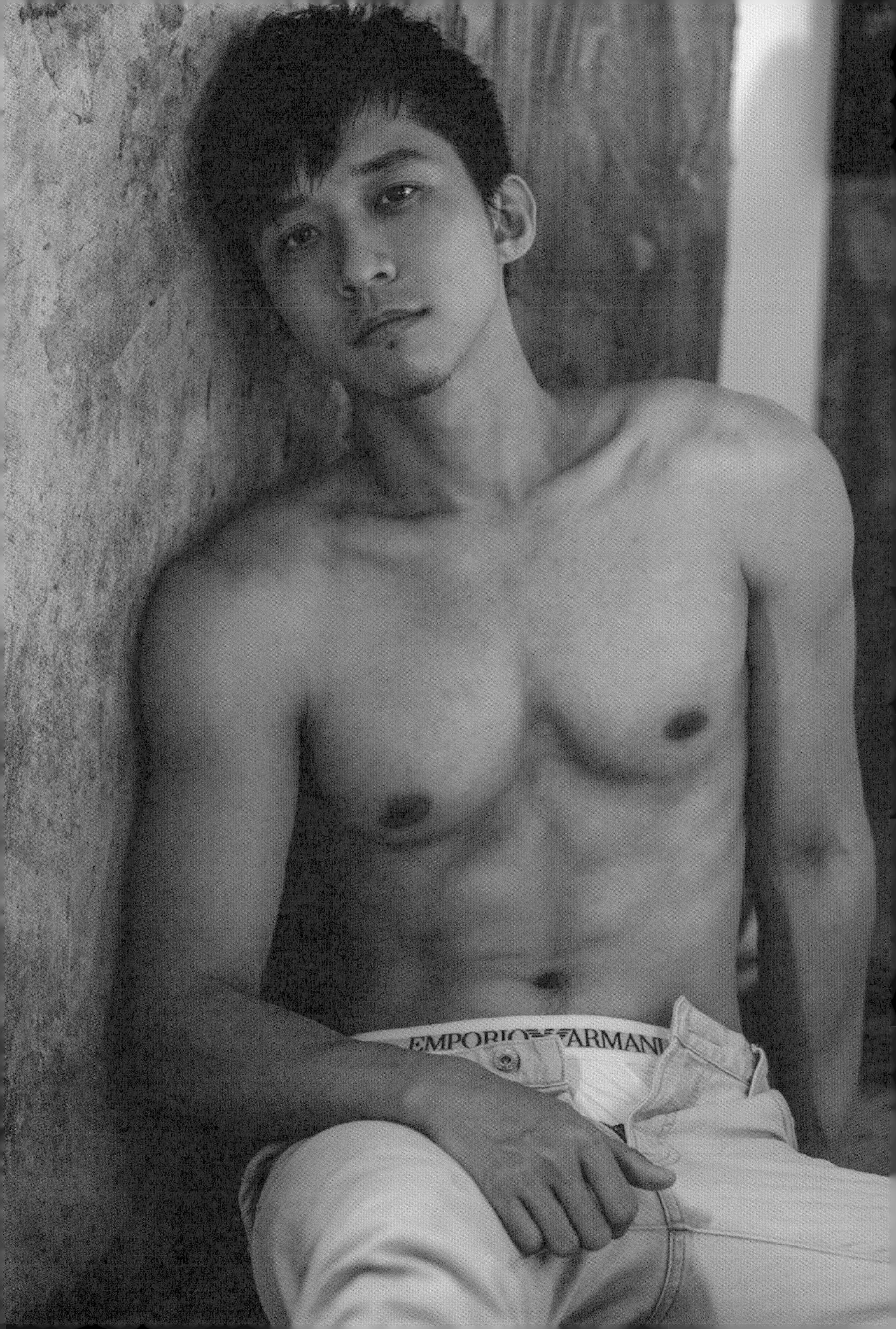
EMPORIO ARMANI

還沒睡，幫我開了門。簡單跟我介紹了一下生活環境，他就回房間去了。起初那幾天，還沒開始工作，我會帶著電腦，在小區附近隨意繞，看了看田子坊，也會去新天地。飲食也不太注意，想吃什麼就吃什麼，大型餐廳、連鎖速食，或是去隱身住宅裡的小麵店，點一碗五塊的素交麵。

後來我認識了一些上海朋友，他們跟我說，要我別亂吃那些小店，裡面用了哪些材料連他們當地人都不知道。但當他們告訴我時已經太遲了。我在上海過完第二週之後就開始拉肚子，每況愈下，越拉越慘，到最嚴重時，每次只要任何進食或是喝水，一過五分鐘我就得跑廁所，拉到一個無法控制。我好想回家。每天從床上睜開眼，看到不是我最熟悉的那面天花板，我就想睡回去。覺得這是一場夢，我好想醒來的夢，我好想回家。

朋友們一直要帶我去掛水，就是吊點滴的意思。但我當時人生地不熟，實在不敢去，只好跟著他們去藥房買成藥。我記得店員給了我一盒黃連膠囊，要我每天吃三次，基本上那一盒應該吃到完就差不多沒事了。我問他要飯前還是飯後吃，他說隨便。我吞了膠囊之後，便陪著朋友去吃飯了，但意想不到的是，我才一坐下，肚子就開始滾了。完全沒辦法忍耐的那種！我急奔到洗手間去，天哪，平時我拉肚子就是拉水而已，我今天是拉岩漿嗎，超級滾燙的啊，熱熱辣辣的，痛得我在廁所裡低鳴。

「這就是在排毒了，過幾天你就好了！」朋友說這膠囊有用，是好東西。但我一點都不覺得，我反而覺得我要死了。那晚，翻了牆，跟幾個朋友抱怨時，突然也想起他。

「我要死掉了。」

「你怎麼了？」

我把一直拉肚子和黃連膠囊的事情都告訴他，原本對這個城市充滿好奇的，現在我卻只想逃離這裡。我真的待不住了。

「我想去找你。」當他說他人在寧波工作，而我恰巧才剛寫過寧波的報導，所以知道寧波離上海很近，車程只要一個多小時。想到這，我就送出了這句無理的要求。

其實我也不知道，我憑什麼對他任性。但體虛腦弱的我，根本管不了這麼多，也沒考慮過這句話的後果或是會怎麼發展，總之我就是說了。反正他也會拒絕吧，都這麼多年沒見了。

「來吧。」

蛤！

雖然驚訝，但我並沒有維持這個狀態太久，為了避免他反悔，我用最短的時間在網路上查好車次，打包了行李。天一亮我就去搭車。跟他說完這句話，我就去睡了。

隔天，像是逃難似的，帶著簡單的行囊我就往車站出發，搭上前往寧波的高鐵。嗯，還有黃連膠囊。雖然我恨它，但是我也沒有其他法子了，仍然按著藥囑，三餐吞服。順帶一提，這是我服藥的第二天。

　　「我臨時走不開，你搭計程車來吧？等等我幫你付。可以嗎？」

　　好說我現在也比當時大了好幾歲，搭個計程車也還好吧，車錢我也能自己付啊，還在把我當小孩嗎？不知道是不是身體狀況好了些，突然也回復了一點堅強的因子，便伸手招了計程車。開車的師傅操著濃濃的口音，我聽不太懂，但他點點頭，應該是有理解我要去哪裡。但才沒開多久，他便停了下來，搖下車窗跟一位路邊的男子溝通，講完後，轉頭問我幾個問題，但我根本聽不懂，那男子就上車了。我嚇壞了。緊緊抓著懷裡的包包。直到司機又再載上了下一個女生，我才理解，原來溝通是在確認是否順路，而司機是為了多賺一點，一次載好幾個客人。但畢竟第一次來到這個城市，我還是感到很緊張，一路抱著包包直到下車為止。

　　抵達目的地後，意外地是間美輪美奐的麵包店。跟我印象中的他怎麼有點衝突。想想忍不住就笑了出來。沒等他招呼，我自己點好了餐跟飲料，坐到二樓去用電腦，直到打烊前五分鐘，他跑上來坐在我旁邊，問我為什麼不先找他，想吃什麼他拿給我就好。我笑

了笑，說下次來也不知道什麼時候了，給他捧個場。但要是他這麼在意，不然晚上請我吃飯吧。他說好，要我等他三十分鐘，就又離開了，我則繼續敲打著鍵盤。

寧波市區的辦公大樓高聳新穎，華麗的百貨公司，外觀布滿著設計過的燈光，他選了一間有牛排也有義大利麵的餐廳，坐下之後他才突然想到什麼，問我這些東西我能吃嗎？都已經坐下了。我說。不能吃了不起繼續拉而已，我已經習慣了。

再度相聚的這個晚上，比我想像中的輕鬆容易，我們交換著彼此這幾年來的生活，話題不曾間斷，也不曾尷尬。除了他跟我說，他在這裡，養了一條狗。是一隻自己跟著他回家的浪浪米克斯。這個話題讓我的心裡騷動起來。我一直偷偷壓抑自己不要問，不要問他當初為什麼最後不願意見我一面，不要問我們當時究竟發生了什麼問題。

晚飯後，回到他的住處，我才突然想起忘記帶隱形眼鏡藥水了。沒關係。他說。我帶你去買吧，正好也帶狗出去散步。他住的小區，並沒有離市區很遠，但是建築跟街區的模樣落差很大，隔幾條街就像去到了不同城市似的，路燈的間隔很遠，一條路走起來，明明暗暗，我們並肩走著，牽著一條活潑的中型犬。這樣的氣氛，

好像很好，卻好到令我有點難過。

也在這種巧合的時間，腦中飄出林夕寫給陳奕迅的歌詞。「我想哭、不敢哭，難道這種相處，不像我們夢寐以求的幸福；走下去、這一步，是寬容還是痛苦。」明明這是我們以前想像的未來的生活。我們到了這裡，卻已經不是我們的模樣，我們擁有了這個現場，但我們沒有擁有現在。我們，不再是我們了。

我們還能再試一次嗎？

熄燈。

好想抱他。

好想再抱他一次，但我沒有那個勇氣。整個晚上，我身體僵硬得像中了巫術，連呼吸都緊張緩慢，就怕呼氣多了點力，大了點聲，去打破這深夜裡，這張床上的和平氣氛。

陽光緩緩穿越窗簾，透著光，棉絮們在那條光橋上飄浮舞動。

他打破早晨陽光所凝結的空氣，坐起身，從床頭櫃旁拿起菸包，抽出一支，點燃了他的習慣。而我，照舊被瀰漫在房間裡的煙絲嗆醒，我把被子拉起來，蓋住我的頭，伸手推了他一把。他喔了一聲，把窗戶打開，把煙吐了出去，但沒有要熄掉這支菸，或是去

到別的地方抽的意思。那時候，我突然醒了。不是從前晚的睡眠裡醒來。而是從我自己幻想的生活、從我前一晚在大街上散步時所編織的夢中醒了。

我們的曾經存在的感情都是過去。

當初再愛，都是當初的我們與當初的模樣。

我們長大了。不妥協、不尖銳、不瘋狂，但也不再適合了。我們已經不是那個年少的我們，現在的我們，也許懂愛，也許不懂，但那都不是最重要的事。重要的是，我們都已經不站在原先的那個位置上了。現在的我們，就是相互自然的、相互理解的好朋友。我們的個性，我們的習慣，我們的生活，現在都不在同一條線上，不適合交往，也不會步入禮堂，更不適合一起生活，前一晚的悔恨，現在看起來反而顯得幽默。

我難過的，是我們沒有完成當初的夢想。是我還卡在過往的遺憾裡，但忘了考慮現在。

而現在，我們都很好，這樣可以了。

有些事，不一定要回到過去，才是幸福。

「你要待幾天？」

「你等等送我去坐車吧。我還有工作。」

他送我到車站，我最後深深抱了他一下。以朋友的身分。下次再見不知道什麼時候了。

你不用送我了，我可以自己走到對面去。我說。我踩開步伐，沿著斑馬線，沒有回頭。我覺得我好了，各個方面都是。我還是很感謝他，但到這裡就好了，剩下的，我總得自己分擔些什麼。

謝謝你。

更好

「妳的頭髮很美耶。」

「咦?」

他拿著梳子,梳理我略微打結的頭髮,讚嘆著。他的表情誠懇到,我若有所質疑,便好像我才是什麼絕世惡人一樣。那股善良太純粹了,這世界上怎麼還有這種人啊?在感到驚喜之前,我腦子只覺得嚇壞。

「沒有啦、沒有啦。」我害羞又苦笑著回應。語畢,在腦中給自己兩拳。啊,我到底在做什麼啊?

回想上週某個晚上,小士敲我訊息,說他朋友最近要考資格考了,這次過了,就會從助理升上髮型設計師,很重要很重要,那是他最好的朋友,拜託我一定要幫這個忙。

「可是我頭型很差耶,如果害他沒考過怎麼辦啊!」

「妳先去嘛,去看看再說啦,只是先見個面看看,也不是一去就要剪啊,我已經把妳的照片給他了,他說很棒!」

就當免費剪一次頭髮嘛——最後我居然是被這句話說服的,尤

其最近準備要出國了，好像是該省一點。

「我這邊跟這邊，因為髮旋太多，所以髮流很亂。」我指著頭頂。「頸後上面這邊的頭骨比較凸。這邊反而很扁，所以我後腦的頭髮看起來都很塌。」

「妳怎麼都知道啊？很專業耶。」他把我的頭髮翻來翻去，邊觀察邊問我。

「……之前朋友做了一個專題，把我們一票朋友弄去做一個春季系列的髮型型錄。這些都是當時分配到我的設計師說的，設計師還邊剪邊抱怨怎麼會找這種模特兒來。」

「這樣啊……」他笑了笑，「我覺得沒問題啊，可以拜託妳當我的模特兒嗎？」

啊，心臟停了兩拍。

我、的、天、哪，定神一看，這個人也太帥了吧？我實在太後知後覺了。

留著不羈的過耳長髮，從顎骨延伸到下巴，濃密又性感的鬍碴，雖然身高跟我差不多但很夠了。這根本是以前看日劇時，最讓人無法抗拒的男主角造型啊！大概就是妻夫木聰或是小田切讓的感

覺吧。而且對話從頭到尾溫柔到不行，根本企圖使人戀愛，這真的沒問題嗎？我今天真的只是來當美髮模特兒的嗎？還是什麼找到幸福找到愛的祕密節目企劃啊？天哪天哪。

「……好啊。」雖然心裡那頭鹿已經撞得我人都快坐不穩，但我還是撐著冷靜的外表，輕輕地點頭。

而後，他與我討論，會先幫我染一個不太明顯的顏色，讓下次做造型的時候，頭髮的曲線可以更明顯。啊，下次，對耶，下次是什麼時候呢？他嘟嚷了一會，講了個兩個月後的日期，這也太尷尬了。

「啊……真抱歉，那個時間我跟朋友去日本布展還沒有回來耶。我不知道會要隔這麼久。」

「咦，妳要出國嗎？什麼時候？」

「下下禮拜，我跟朋友去參加一個展覽，展期有點久，所以下個月底才回來。」

「哪一天飛回來呢？」

「剛好是你考試的那天……」

突如其來的尷尬，令空氣安靜了許久，他也遲遲未說要換人，小士則是翻著手機找還有沒有其他朋友。

「這樣吧，我的機票應該還可以改。」我看著鏡子裡反射的兩人，「我可以提早一週回來。」

「真的嗎！」他喜出望外的表情也好可愛喔，天哪。「但這樣不好意思吧，會不會很貴，而且妳的展覽怎麼辦？」

　　「本來後半個月就是我自己想多留下來而已。費用……應該不會太貴吧，我再回去查查看。」

　　「真的嗎，真是太感謝妳了，真的！真的！」他握著我的雙手，用一貫誠懇的眼神和語氣開心地說道。天哪，不許你這樣，我要融化了。

　　一切談定，染完及保養過頭髮之後，我就先回去了。

　　這中間，我們沒有聯繫，我便飛去日本。

　　工作的日子每天都很充實，我自己也很喜歡日本。每天、每件事、每一個細節，都讓我覺得在這裡待著真好。時間過得很快，我跟夥伴從布展到撤完展的時間，感覺眼睛一眨就過了，最後又觀光了幾天，我們就飛回臺灣。

　　一下機，手機打開就收到他的簡訊。

　　「晚安，平安回到臺灣了嗎？下週一就是考試的日子了，不知道後天妳有沒有空先來稍微整理頭髮呢？」

　　「好啊。約幾點呢？」說真的，因為在日本待太久了，我幾乎要忘了這件事。

　　在那之後，從事前準備到考試，一切都順利地結束了。我也換

了一個好看的髮型。

據說他得到了很好的分數，應該可以順利升上設計師吧。

等等，然後這就要結束了嗎，不是啊，這不對吧？

我改機票多刷了一筆手續費啊，不是，重點不是手續費，那些充滿粉紅泡泡的後續呢？故事不應該是這樣寫的啊，為什麼沒有約會呢？太令人焦慮了，這實在太令人焦慮了。想著想著，想起他木訥的笑容，這個人這麼被動，要是我不做點什麼，這一切一定就會這麼過去的。於是我拿起了手機，開始敲打著簡訊。

「你沒有要請我吃個飯嗎？稍微表示點謝意什麼的 :P」

雖然附上了一個吐舌頭的裝可愛笑臉，但是簡訊一送出，我還是想打爆我自己。

實在太尷尬了，我沒有處理過這樣的狀況，怎麼辦怎麼辦怎麼辦。

「要啊！好險妳提醒我！我們還可以再看個電影嗎？我真的很感謝妳幫忙這麼多。」

感謝上天，看什麼都好。我最近是不是做對了什麼好事，感謝上天。

雖然做為一個平面設計師，遇到外型不羈的男子實在不是難事，但通常都不怎麼來電，所以這種有著浪人外型的男子一直是我心中的一個小缺憾。我並不是那麼強求的人，但總覺得這次要是錯

過了，這輩子就再沒機會跟浪人男子約會了，難保未來不會後悔。

被滿滿的粉紅泡泡包圍的我，約會那天，吃什麼看什麼都記不太得了。

只記得那天下雨，所以我們都搭捷運赴約。結束後，他說要送我回家，我客氣地婉拒，但他非常地堅持，講不過他，最後也就妥協了。沿路上偶爾聊天，偶爾他會看著遠方，我則偷偷盯著他看。當被發現時，他會暖暖地笑一笑，問我怎麼了嗎？我就會笑著別開頭，說沒什麼。

但其實心中已經被轟炸得無一塊完地──天哪他太可愛了啊。

走出我家附近的捷運站時，他說：「就送妳到這吧。」

「咦？」

在車來車往的馬路邊，突兀聳起的梯形出口，四四方方地框住我跟他的距離，但那個當下我卻難以理解這位男子心中的想法。

「你要回去了？」

「對啊。」

「你原本就打算送我到捷運出口？」

「對啊。」

「那你剛剛就不用出站啊。」

「但我想陪妳走上來啊。」

轟。

心中的小鹿再次被火力超強的飛彈炸到天外去。

他催促著有點晚了，要我快點回家才不會著涼，見我轉進巷子，他才走回捷運站裡。但回家路上繼續傳著訊息才知道，我跟他個別住在藍線與橘線上，雖然直線距離不算遠，但以搭捷運來說，回程要花上很多的時間。當下就更好奇，這位貼心的奇男子到底腦構造是什麼。

「妳是遇到什麼白堊紀的生物了吧？」芳芳在跑步機上快走，冷淡地說著。

「怎麼辦啊，他有沒有喜歡我啊？」

「再約一次不就知道了。」

在那之後，我們大概以一週兩三天的頻率約會著，但他禮貌的距離讓我實在摸不透他，這個人真的對我有意思嗎？每次約會結束後都會送我回家，無論是騎摩托車還是搭捷運。最近有進步了，他從捷運站門口，進步到我家巷口，接著進步到我家樓下。但沒有更多，最多就到樓下。

這天，我們一起走回家時，樓下的鄰居太太對我招手，說今天

宅急便來的時候，我不在家，門鈴按了都沒回應，所以先幫我代收了包裹。天助我也！謝謝熱情的鄰居太太！

「你可以幫我拿一下嗎？」我把手上的提袋交給了他，體貼的他當然馬上接手。

就在那個瞬間，我走上前接過鄰居太太遞來的包裹，假裝很重，一路往樓梯衝進去，留他一個人在原地。傻愣的他，看著手上的提袋不知所措。

進家門後，放下包裹，轉身看到他拿著我的提袋跟上來。但他就像是被什麼無形的屏障隔著似的，站在樓梯間一動也不動，靦腆地笑著，伸出手，將提袋遞給我。

「你不進來坐一下嗎？」

「不好吧，應該不太方便。」他又靦腆地笑了起來。

不是啊啊啊啊，哪裡不方便你說清楚啊！

總歸他還是回去了。依舊是送到家門口。

「真的是白堊紀來的耶。」芳芳一邊推著健身器材一邊說。

「妳除了這些刀刀見骨的評論之外，可以多幫點忙嗎？」我倒在一旁的瑜伽球上，無心運動。

「可能他就是比較純情吧，妳就慢慢來啊。」

「……我也沒有急，但是我真的不懂這個人耶……」

這段時間我不斷地反問自己，為什麼無法像過去一樣在曖昧中遊走，為什麼我這麼想知道答案。我很期待他喜歡我嗎？而我過往的遊走，是因為我總覺得這些人不會喜歡我，就從來沒有期待過嗎？那為什麼我對他如此充滿著期待？

　　直到我們整整約會了一個多月，我因為工作上的挫折，直截了當地問他願不願意留在家陪我。他說好。那個晚上，他抱著我，欲言又止了許久，而我在他懷裡，依賴著他的體溫，想著早前不順利的會議，嘆氣不已。

　　「曉欣，妳願意……當我女朋友嗎？」

　　「咦？」

　　我轉過頭看他，無法置信剛剛發生了什麼事。

　　他搔了搔頭，自己尷尬的笑了起來，說，這樣好像太快了喔，對不起什麼的。

　　不，你這個白堊紀的生物，哪裡快啊。

　　「好啊。」

　　我重新投回他的懷抱。

　　終於可以大方想著，這是屬於我的溫暖。

　　直到他輕輕吻了我的額頭，對我說了晚安。

　　「喔？終於交往了喔。」

隔天，充斥著粉紅泡泡背景的我，興高采烈地跟芳芳分享我們
交往的消息。

　　「那你們做了嗎？」

　　「……沒有。」

　　「喔。」芳芳滿臉嫌棄，表情寫滿了各種無趣的批評，繼續拉
著單槓伸展著背部。

　　隔天。

　　「做了嗎？」

　　「還沒。」

　　再隔天。

　　「做了嗎？」

　　「還沒。」

　　「他是要等頭七喔？」芳芳一邊拿起槓片，皺著眉問。

　　「……妳就不能用好聽點的方式說嗎？」

　　結果被芳芳說對了，真的在第七天的時候。

　　在身心靈各個方面都塵埃落定的情況下，我心中也終於穩定踏
實地感受到，我有一個愛我的男朋友，我們正在穩定地交往當中。

那幾個月我都過得很開心，除了一些無聊的小毛病。若我們一起在外頭吃飯，他總是會多點很多菜，分量有點不合理的那種。但他其實吃得不多，總是吃個兩口就停筷，笑著說：「妳多吃一點。」雖然可以理解他是怕我餓著，但每次看到滿桌的剩菜，我總是覺得沒有必要這樣，溝通了無數次他還是會這麼做，我就會有點小生氣。

在我們交往的時候，他已經升為正職的髮型設計師了。同時間，可能因為他真的很認真吧，在認識我之前，他的休假日幾乎也都往公司跑，找朋友到公司試手，練習剪頭髮。所以在升職後的幾週，公司就將他調到另一間新的分店，升格為店長。起初他有點吃不消，除了進修自己的技術之外，還要回總部進修一些管理的事，真的很辛苦。而且新的分店位址比較遠，下班後要到我家找我變得更加不順路。

我們見面的次數越來越少，但我以前也是個工作狂，所以完全可以諒解，不只沒有抱怨過，反而改變了自己的習慣。因為他九點下班，為了可以接到他打給我、跟我說他下班了的電話，若朋友提出七點之後的邀約，無論是吃飯或是看電影，我都不會預先答應。他會在電話裡問我要不要一起吃東西，若是他想回家休息，會先稍微跟我小聊一下再掛電話。

隨著天氣漸冷，他的生日也近了，而他嚴正地警告我，不准買

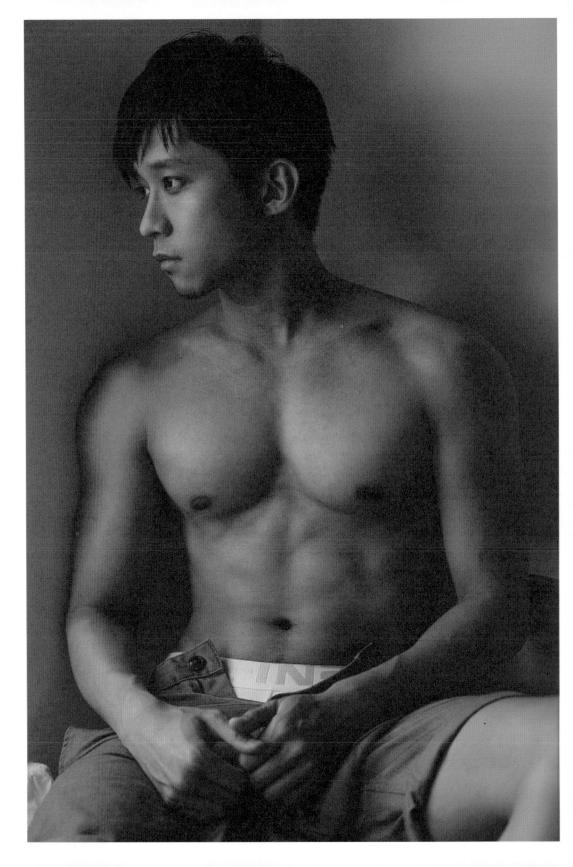

禮物給他。他總是在各種小事上貼心。而且我知道，他是真的會生氣。所以我重複嘗試了幾次，在他生日那天，烤了一個蛋糕給他。他笑得很開心，也吃了很大一塊。但現在回想起來，他其實沒那麼愛甜食，重點是我應該烤得不太好吃吧……真是為難他了。

與此同時，朋友們計畫著明年要去日本京都賞櫻，他們規劃了非常便宜的行程，從機票到住宿都非常便宜，連我都可以支付的程度。

「我應該沒有辦法去吧。」他皺了眉，「公司沒有辦法休假。」

「如果我們少待一點天數呢？」

「不行吧。」他想都沒想就回答。

雖然很難過，但我也不想勉強他，便結束了話題，熄燈休息。

不知道是不是為了彌補我，某一個難得的週末休假，他帶著我，搭車到野柳去散心。在車站裡一起吃便當，在客運上他靠著我的肩膀睡著。其實偶爾這樣就可以了，我心裡想著。雖然還稱不上熟女，但也是不敢再自稱少女的年紀了，犯不著什麼轟轟烈烈的感情，我每天都感受得到他愛我，即便常常見不到他，但像這樣偶爾碰個面也是好的。

正當我這麼想著，他的電話就響了。是公司打來的，我們才剛走進野柳地質公園。他為了專心講話，一手搭著我的肩膀，一路講著電話，跟著我走到女王頭的旁邊。內容聽起來，應該是有個員

工不小心把洗髮的泡沫沾到客人的眼睛了，現在客人在店裡暴跳如雷，大喊著要客訴。雖然我也很替他擔心，但這種時候實在也幫不上忙，只得安靜等著他。

天色漸晚，海邊的風也跟著變大，看他講話越來越吃力，想必也是無心觀賞風景了。據說，按照過往的紀錄推斷，再過幾年，知名的女王頭可能會斷。我拿起手機對著它拍了幾張照片，便牽著他往回走，穿越地質公園的門口，再搭客運返回臺北。在上車的前一刻，他終於掛掉了電話，但我們都沒有再說過話。直到抵達臺北，他才開口對我說：「我得去一趟公司。」

可能是時間長了，雖然他依舊是那個樣子，難得見面時，總是貼心，笑容也一樣溫暖。但這個見面，卻越來越難得了。

我從來不曾怪他，也不曾埋怨過這件事，我明白這個社會對男人加諸了不同的壓力。在而立之年才轉換跑道的他不能停下來，我理解。我能做的，就是靜靜的在每天晚上九點等待他的電話。他來或不來，陪他說說話，都好。感情本就需要兩個人相互的包容吧，我想。

直到我開始接不到電話開始。

一開始，一週一兩天，到三、四天。他忘記撥電話的次數，越來越頻繁。

　　我其實不是一個愛講電話的人，但也許我無意識地將這樣的互動做為我們最後的底線。見不到你，沒有關係；無法約會，沒有關係；時間不夠，沒有關係。至少你總是在下班時，第一個想到我。但是，當他真的忙到連一條訊息都沒有的時候，我開始質疑自己在他生活中存在的意義。

　　我支持他的工作，我也沒有限制他一個月得見我幾天，也從未強迫他與我約會，但是當我們居住在同一個城市裡，卻無法相見，沒有彼此關心；當我們正在交往，我們是改變了彼此什麼？我們存在於對方什麼樣的狀態裡？或是說，他真的需要我嗎？

　　「他只是需要更多自己的時間。」

　　我這樣對自己說。

　　自己年紀也不小了，我也希望可以表現得再成熟一點。我的問題出在等候之後的落空，那心中的空洞難以補上，那麼不要等候就不會落空了吧？在不跟誰鬧脾氣的前提之下，我只能選擇把自己的時間還給自己。我不再避開七點的約了。若是吃飯倒還沒事，有時若是看了電影，當他九點撥電話來，訊號只能在口袋裡無聲地震動，等到電影結束，我才會傳一封簡訊告訴他，剛剛在看電影。

　　這個時候，輪到我的生日近了。

我告訴他，我也不要生日禮物。他傻傻地笑著，說了聲：「喔。」

　　我知道他一定會去買的。為了不想給他添負擔，某一天，我帶著他去逛街。當時我需要一個工作的提袋。我們走了大半天，許多好看的款式我都不敢拿下來，太貴的品牌我也不敢走進去。直到我自己腳都酸了，才終於看到一個合適的提袋，我請店員「拿下來給我看」，當天第一次讚嘆說：「這個真好看，也很實用。」

　　那年生日，適逢假日，我們都準備要返鄉。在搭車前，他特地跑了過來，說想見我一面。我能夠想像得到他提了一大袋禮物的畫面。「不是說好不送禮物的嗎？」我捏了捏他的鼻子。他笑了笑，沒做什麼解釋，就又說要去上班了。

　　「那不是很好嗎？」芳芳的聲音有點小，加上一些沙沙的聲音，想必她正歪頭夾著電話，一邊在磨指甲。

　　「但他送了我一個硬殼的電腦包。沒裝東西就已經比我的電腦還重，我今天把電腦跟繪圖板放進去試背，肩膀差點碎掉。」我真的很開心他特地跑來，但打開紙袋時，多少還是有一點無奈。

　　「啊妳幹麼不跟他說妳要什麼？」

　　「我不想讓他尷尬，也想顧及他的面子嘛。我帶著他逛了十幾間店，看到的包包我摸都不敢摸，直到最後一個價錢比較便宜

的，我才請店員拿下來給我看耶，這應該已經不只是暗示的問題了吧？」

「喔……妳知道他就比較傻嘛。單純。」

我是不是只用自己想像中的方式去對待他呢。

每天每天，我都陷入這樣的感情迴圈中質疑自己。我真的很喜歡他，也為他每一個舉動找理由：想必是我挑選的那一款，他事後再去的時候缺貨了吧？但是我每天也同步在問自己，這段感情為什麼還需要存在。除了我好喜歡、好喜歡他之外，維繫一個見不到、觸不到、關心不到的男朋友，是為了什麼，還要多久呢？

在我們都還沒能從他無盡的工作那頭看見什麼微光之前，我們的感情，在一個奇怪的交點上觸礁了。

某天，我一樣去看了電影。是，我常常在看電影。播映中，他重複撥來的電話令我焦慮異常。直到我走出戲院，回撥電話給他，我感受得到他正在壓抑他的情緒，他問我為什麼都不接電話，他打了五通。

「因為我正在看電影。」我說。

「那妳想吃東西嗎？」

「可是我看電影前才吃過，現在還不餓。」

「那我可以去找妳嗎？」

「你要來我家嗎？」

「……我……我還想回家整理一下東西。」

「那你的意思是？」

「我想看妳一下。」

不知道為什麼，那個瞬間，我再也無法體諒他了。

我可以理解他對我好的一切，我也理解他工作的勞累，我理解他在這個當下需要我的支持。

我理解，但卻不能諒解。

我突然覺得好累，在這段關係裡。

我也想要他抱我，也想要他支持我，也想要他在我需要的時候陪我，我偶爾也想要這麼任性地問他為什麼不接我電話。我要求自己要有成人的態度，給予他足夠的空間與時間，但我們之間除了濃濃的愛，沒有陪伴、沒有溝通，甚至沒有未來。

「嘿。」

我答應了見面，坐在誠品旁邊的長凳上等他。

他走了過來，如同往常一樣，笑著對我打招呼。

「嗯。」

「今天好嗎？」

「還好，你好嗎？」

「就工作啊。」

我們坐在掛滿小燈泡的樹下，沉默，看著前方，卻沒有看著彼此。

　　有時我會想，這些樹為什麼得背著這些來自路人對於光亮的期待呢。

　　「你有什麼想要跟我說的嗎？」我打破了沉默。

　　「嗯？沒有啊，就是想看看妳而已。」

　　「那我有話想跟你說。」

　　「好啊，妳說。」

　　「我覺得，我們暫時先分開吧。」

　　「咦？」

　　「我明白你現在工作很辛苦，也是你很重要的轉捩點，你沒有時間陪我，我也沒有抱怨過，但是我們也無法討論這樣的生活還要再過多久。我每天自己生活、自己吃飯、自己工作，晚上你偶爾下班打給我，偶爾沒有。我為了你，順著你的班表，在你休假的日子我都把工作排開，但我還是見不到你。我覺得我們的交往只有我愛你、你愛我，但是沒有其他了。」

　　深夜的信義區，沒什麼車，也沒什麼行人。沒有風的日子，也沒有落葉。

　　好像世界跟著我們一起凝結了好一段時間，讓這段空白變得更空白。

不知道隔了多久，他才靜靜地說，我知道了。

他仍然堅持要送我回家，但我真的沒辦法。

進了捷運站以後，我走向反方向的月臺，我說我還要去同事的聚會，你先回去吧。

踏上車廂，抓著立桿，我不敢回頭看他，我知道，只要看見他的雙眼，我就會心軟。直到關門的警示音響起，鋒利的風聲擦過耳邊，我的眼淚再也無法忍耐地奔流。

這樣對他才好，他在公司裡是被關注的新星，這是個他必須把握的時機，我也不想要他為了再承擔一個我這麼累了。但我真的捨不得，我也好怕，怕以後再遇不到像他這麼好的人怎麼辦。為什麼他這麼愛我，我也這麼愛他，我們卻無法做得更好去維持我們之間的關係。

我還有資格，再遇到這麼愛我的人嗎？

我哭了好幾天。

我不明白自己為什麼這麼難走出來。

或許是真的太喜歡他了。

或許是因為我們沒有吵架，或許是我們沒有討厭彼此，或許是我們沒有產生一絲絲恨意，只有濃濃的遺憾瀰漫在我跟他之間。

芳芳依然拉著我去運動，陪著我瞎聊，就是不提到他。

好幾個月來，只有一次，他傳訊息問我好不好，其他時候我們都沒再聯繫過。除了朋友去給他剪頭髮，偶爾帶回來一些他的近況給我，除此之外，我幾乎不知道他生活得如何。

直到他在京都拍了一張照。

他貼在他鮮少更新的臉書上，他說，他想振作，他想要往更好的明天去。

那是我們無法一起抵達的地方，不知為何，現在看上去更惆悵。

倘若，當時我們能夠偕著彼此飛到那裡，現在的我們會不會不一樣？

我們都值得更好的人生，

但我，不值得更好的你嗎？

改變，為何總在失去以後。

後記

你陪著我走到這裡了，謝謝你。

也許從十幾年前，也許從左道開始，也許從這本書的第一頁起──
一個字、一個字，走到這裡。

在進設計公司之前，那段低潮期很長，無法振作也走不出來。當時我還是會去上課、生活，但整個人感受上是麻痺的。感謝 L 沒有放棄我，拉了我一把。也因為這樣，我深刻體悟到，每個人總會遇上一些極其黑暗的時刻，即便看不出來。而那個時候，無關自己有沒有能力走出來，若真有個人願意伸一把手，不用多，也許是一個指引或一個推力，就能讓人從那又深又苦的泥沼裡找到一絲光線，慢慢爬出抽身。

哪怕是一句話、一小筆錢，甚至只要靜靜地陪在身邊。

陪伴，是一種溫暖又充滿能量的過程。

所以我真心感謝一路上陪伴我的你，也謝謝你讓我有機會，用文字陪伴你。雖然我寫了很多自己的事情，但那只是一個引子，在那些與自己和世界對話的過程中，我無意間找到了那一點點光。如果說，能在閱讀時傳遞，讓你在生命中凌亂無解的死結難題裡找到一只線頭，那就太好了。

我總會想，我們不一定非得嘗盡世間所有的痛苦，才能找到最甜美的果實。而這也是人類使用語言、文字，流傳故事、保留智慧，最重要也最偉大的地方。是的，我們不一定得跌得一身傷，才能找到最好的那條路。所以，如果我曾面臨的傷痛，可以讓你繞過那些痛苦，繞過一些人生道路上的絆腳石，會是多好的事。

有時候，被問起那些假設的問題，「假如可以回到過去，你想改變什麼？」或是「如果人生可以重來一次，你想從哪裡重新開始？」我每次的答案都一樣。
「我不想重來。」

我為什麼要重來？

跟序一樣，後記我也寫了許久。

寫到這裡時，我停頓了幾天才又繼續提筆。

朋友說，如果序是可以讓你隨意發揮的作品，那麼後記就是你發自真心想說的話。我想了想，還是覺得很為難，而這沒寫完的後記，一放就是好幾天。

我一直在想，如果我能說自己想說的話，我到底要說什麼呢？如果可以沒有後顧之憂的講出這麼久以來都沒說過的一句話，我想說什麼呢？

在某天，我工作完，要趕車前往下個地方時。在那個連著下雨，不太好受的天氣裡，突然間，我突然想起、想說。

其實很苦，真的很苦。

如果我曾經給你堅強或是能幹的形象或想像，那麼我所建構的堅強有多少，苦澀就有多少。

我不是在抱怨什麼，甚至在很多人眼裡，我的故事可能根本不及他苦痛經歷的一半，因為每個人都有自己苦澀的過程。而我只是想，如果可以，我預先蹣跚爬過的這些荊棘，我一點也不希望有誰跟我同樣踩過。畢竟我們無法真的爆破地球，日子就得一天一天過。我不是太積極正向的人，總愛從逆境求生。這些討厭的事，如果我們可以藉助他人的智慧與經驗去避開，為何非得自己再試一

次？

　宛如歷史上的神農氏，也就那麼一位。這也是為什麼我們會在地圖上評論著不同的店家，都是差不多的道理。體驗的確是最真實的感受，有些人比較鐵漢精神，不見棺材不掉淚，不吃到雷不願退，但也有些人，沒有這麼多的額度可以去掙扎，更甚是，當我們得用整個人生去品嘗的時候。

　所以我不想重來。
　那麼辛苦的事，為什麼要再來一次。（笑）

　一路上有人先離開我們了，因著不同的原因，而我們要帶著對他們的思念繼續。無論是他們或是我們，大家都辛苦了。明天太陽還是會升起，人總是會走到不能再走的日子為止。而在這不得不且日復一日的過程裡，那些抱怨、讓自己不快樂，或是為難自己的事，其實我們可能大多還是握有選擇。而現在我選擇不要再那麼為難自己了。

　我希望這微弱的光點可以傳送給你，然後日子會好的，慢慢的。

所以，謝謝你一路陪著我走來。

也許從十幾年前，也許從左道開始，也許從這本書的第一頁起──

一個字、一個字，走到這裡。

也讓我有機會，陪伴著你。

謝謝

：）

國家圖書館出版品預行編目資料

在名為人生的旅途，做個夢想的逃兵 / 周信佐作. -- 1版.
-- [臺北市]：尖端出版：家庭傳媒城邦分公司發行, 2019.06
面；　公分
ISBN 978-957-10-8559-3(平裝)

855　　　　　　　　　　　　　　　　108004508

嬉文化

在名為人生的旅途，做個夢想的逃兵

作　者／周信佐　　攝　影／人良土兀　　造　型／Wesley衛斯理
發行人／黃鎮隆　　總經理／陳君平
經　理／洪琇菁　　總編輯／呂尚燁
執行編輯／楊國治　　美術編輯／陳聖義
內頁排版／謝青秀　　公關宣傳／邱小祐、劉宜蓉
文字校對／施亞蒨

出版／城邦文化事業股份有限公司 尖端出版
　　　台北市中山區民生東路二段141號10樓
　　　電話：（02）2500-7600 傳真：(02)2500-2683
　　　E-mail：7novels@mail2.spp.com.tw
發行／英屬蓋曼群島商家庭傳媒股份有限公司城邦分公司
　　　尖端出版
　　　台北市中山區民生東路二段一四一號十樓
　　　電話：（02）2500-7600（代表號）
　　　傳真：（02）2500-1979
中彰投以北經銷／楨彥文化行銷股份有限公司
　　　　Tel:(02)8919-3369　Fax:(02)8914-5524
雲嘉經銷／威信圖書有限公司 嘉義公司
　　　　Tel：(05)233-3852　Fax：(05)233-3863
南部經銷／智威信圖書有限公司 高雄公司
　　　　Tel：(07)373-0079　Fax：(07)373-0087
香港經銷／城邦（香港）出版集團有限公司
　　　　Tel：（852）2508-6231
　　　　Fax：（852）2578-9337
馬新經銷／城邦（馬新）出版集團 Cite(M)Sdn.Bhd.
　　　　E-mail：Cite@cite.com.my
法律顧問／王子文律師　元禾法律事務所
　　　　台北市羅斯福路三段三十七號十五樓

2019年6月1版1刷
2021年5月1版3刷

■中文版■

郵購注意事項：
1.填妥劃撥單資料：帳號：50003021戶名：英屬蓋曼群島商家庭傳媒（股）公司城邦分公司。2.通信欄內註明訂購書名與冊數。3.劃撥金額低於500元，請加附掛號郵資50元。如劃撥日起 10～14日，仍未收到書時，請洽劃撥組。劃撥專線TEL：(03)312-4212 ・ FAX：(03)322-4621。E-mail：marketing@spp.com.tw